Walter W. Braun

Verschollen am Großvenediger

Hilflos in eisiger Sphäre

Bibliografische Information der Deutschen Nationalbibliothek: Die Deutsche Nationalbibliothek verzeichnet diese Publikation in der Deutschen Nationalbibliografie; detaillierte bibliografische Daten sind im Internet über http://dnb.dnb.de abrufbar.

© 2015 Name des Autors/Rechteinhabers: **Walter W. Braun**
Überarbeitung 2021

Illustration: Walter W. Braun

Herstellung und Verlag: BoD – Books on Demand, Norderstedt

ISBN: 978-373-864-548-4

Inhaltsverzeichnis

Prolog	Traum oder brutale Wirklichkeit	7
Kapitel 1	Leidenschaft Berge und Klettern	11
Kapitel 2	Mit Freunden im Montafon unterwegs	28
Kapitel 3	Eklat am Großglockner	71
Kapitel 4	Alleine auf die Zugspitze	89
Kapitel 5	Solo-Klettereien in den Dolomiten	105
Kapitel 6	Begegnung mit König Ortler	124
Kapitel 7	Der Sonderling	142
Kapitel 8	Alleine am Großvenediger auf Tour	146
Kapitel 9	Gipfelglück am Großvenediger	158
Kapitel 10	Ein verhängnisvolles Ereignis	163
Kapitel 11	Unerwartete Wende	176
Epilog		182

Prolog

Traum oder brutale Wirklichkeit

In dünnen Strahlen fiel bleich das Licht von oben herunter in sein eisiges Gefängnis. Zwischen Wachen und Träumen durchzogen Willys Gedanken wieder und wieder Erinnerungen und beliebige Passagen seines langen Lebens wie in einem fiebrigen Wahn. Glockenhell hörte er das Lachen seiner beiden Kinder Hans und Edith. Zwischendurch vernahm er das Klagen und nervige Gezerfe seiner geschiedenen Frau Susanne, die sich schon oft halb weinend beklagt hatte, dass er so häufig unterwegs war, immerzu in die Berge rennt und nie Zeit für sie hat. „Hab' ich das richtig wahrgenommen? Was ist los, wo befinde ich mich denn überhaupt? Ach, mir ist so entsetzlich kalt. Warum sitze ich hier auf mein Platz so unbequem"? Wieder erlöste ihn ein kurzer Dämmerschlaf aus seinen Albträumen.

Minuten später schreckte er erneut hoch. Das Zittern am ganzen Körper schüttelte ihn durch. „Wie lange geht das schon, dass sich mein Körper so gegen die entsetzliche Kälte wehrt?" Hatte er eine Stunde geschlafen, war es länger, waren es nur zehn Minuten? Willy hatte jegliches Zeitgefühl verloren. Nur noch der Wechsel zwischen Tageslicht und der Dunkelheit in der Nacht gaben ihm eine grobe Orientierung. „Wieviel Tage bin ich denn schon hier, oder sind das Wochen, was ist eigentlich passiert?", versuchte er sich krampfhaft zu erinnern. Siedend heiß fiel ihm ein: „Ich muss um Hilfe rufen, ich muss Signale geben." So laut er konnte, schrie und schrie er um Hilfe.

Wenn ihm die Stimme zu versagen drohte, nahm er die Trillerpfeife zur Hand und pfiff und pfiff, was die Lungen hergaben und ihm die Lippen brannten, minutenlang, immer in Intervallen. Dann übermannte ihn erneut bleierne Müdigkeit. Das grausame Spiel begann aufs Neue.

Sein Kopf fiel plötzlich zur Seite, davon wurde er abrupt wieder halbwach. Alles schmerzte, er konnte kaum noch sitzen – und liegen ging gar nicht – oder er empfand das noch schlimmer. Mit Aufwendung der ihm noch verbliebenen Kräfte schälte er sich aus seinen nur mäßig wärmenden Hüllen und versuchte auf die Beine zu kommen. Kurz gelang es ihm halbwegs und er fühlte, wie das Blut in die sich wie abgestorben anfühlender Beine strömte. Dabei wurde ihm leicht schwindelig, dann verließen ihn erneut die Kräfte und er musste sich wieder niedersetzen. Ihm war so fürchterlich kalt, es schüttelte ihn erbärmlich und seine Zähne klapperten, ohne dass er sich dagegen wehren konnte. Und vor Hunger war ihm etwas übel.

Zum zigsten Male wickelte er sich mühsam mit seinem dünnen Hüttenschlafsack in eine Alufolie – eine sogenannte Rettungsdecke – und zwängte sich damit unbeholfen in den Biwaksack. Warm wurde ihm dabei nur mäßig. Tagelang hatte er sich in regelmäßigen Zeitabständen mit Kniebeugen und angedeuteten Liegestützen – soweit das in seiner Lage überhaupt ging – versucht den Kreislauf anzuregen und damit ein wenig zu wärmen. Dafür reichten jetzt aber seine Kräfte nicht mehr aus. „Ich muss um Hilfe rufen" schoss es Willy blitzartig durch den Kopf und er schrie so laut er konnte, „und mit der Trillerpfeife Signale geben"; er pfiff in Intervallen eine lange halbe Stunde. Dann übermannte ihn erneut bleierne Müdigkeit, die sich wie ein langer Schatten über ihn legte. Dagegen konnte er sich nicht mehr wehren und schlief er übermüdet ein.

Nein, schlafen konnte man das nicht wirklich nennen, es war eher ein gnädiges dahindämmern. Halluzinationen verfolgten ihn im gedämpften Bewusstsein. Immerzu hörte er Stimmen, die ihn bös anklagten. „Willy, du bist stur und beratungsresistent, du bist unbelehrbar", höhnte eine solche Stimme aus dem Hintergrund. Heftige Wortgefechte folgten, ohne dass er eingreifen konnte. „Herr Schwarz, sie gehören zu einer aussterbenden Spezies", sagte ihm unvermittelt einer seiner Vorgesetzten bei Daimler, wo er arbeitete, am Arbeitsplatz direkt ins Gesicht. „Sie sollten Rente beantragen und in den Ruhestand gehen." Von allen Seiten wurde wirr auf ihn eingeredet, und nebelhaft vorbeiziehende, fratzenhafte Gesichter, sprachen und lachten alle durcheinander. Zudem ertönte im Hintergrund ein gar schauriges Gelächter, das sich überlagerte und wie ein teuflisches Echo seine Sinne umnebelte. Sein Kopf rutschte zur Seite, das riss ihn abrupt aus dem Dämmerschlaf in die Realität zurück. „Du musst rufen, du musst Signale geben", fiel im wieder ein. Sein Lebenswille, seine innere Kraft, trieb ihn wieder und wieder von neuem an sich bemerkbar zu machen.

Kaltes Wasser tropfte von oben herunter und lief ihm unangenehm über das Gesicht, am Hals entlang und in die Kleidung. „Was mache ich bloß hier?", fantasierte er. Nur verschwommen wurde ihm bewusst, „ich bin in dieser verdammten Gletscherhöhle gefangen."

Wie lange er sich schon hier befand, wusste er nicht mehr. Nur eines wusste er ganz genau, „es muss schon sehr lange sein, sehr, sehr lange und mir ist so verflucht erbärmlich kalt."

Wieder rief und schrie er laut und pfiff mit der Trillerpfeife, bis ihm die Pfeife aus dem Mund fiel. Sein Bewusstsein schwand und erlöste ihn gnädig von Hunger und Durst. Die Kälte ließ ihn die Schmerzen kaum spüren, längst in der Vergangenheit versunkene Personen tauchten im wirren Traum vor ihm auf und wechselten mit Bildern und Ereignissen aus alter Zeit. Zwischendurch sah er sich in bunten Blumenwiesen liegen, übersät mit blauem Enzian, Alpenveilchen und großblütigem Edelweiß. „Hier ist es paradiesisch schön", freute es ihn und er fühlte sich in völliger Harmonie geborgen, während ihn neugierig eine Herde wiederkäuender Kühe aus dem Hintergrund beobachtete und andere unbeirrt weiter grasten.

Eine Stimme von oben riss ihn plötzlich aus diesem traumhaft-harmonischen Bild. „Ist da wer?, hörte er rufen. Höre ich recht, ruft da jemand?" „Was war das, habe ich das real gehört oder ist das wieder nur ein vergänglicher Traum, eine Seifenblase?" Willy konnte es nicht mehr bewusst zuordnen und reagierte mehr mechanisch aus dem Unterbewusstsein. Dann überstürzten sich die Ereignisse.

Doch wie kam es überhaupt zu diesem traumatischen Debakel?

1

Leidenschaft Berge und Klettern

Willy Schwarz ist hochgewachsen, ein Mann im fortgeschrittenen Alter oder genauer, einer der sich mit großen Schritten dem Altersruhestand näherte. Den Vorruhestands-Vertrag mit Wirkung zum Ende des Jahres hatte er schon unterschrieben und bei der Konzernleitung eingereicht.

Mit einer Körpergröße von 1,92 Meter überragte er die meisten Menschen seines Umfelds; dazu war er muskulös und kräftig gebaut. Seine Unterarme erinnerten eher an die eines Schmiedes. Überdies verfügte er über Bärenkräfte und eine unbändige Kondition, die nie zu erschöpfen schien.

Seit sich seine Frau Susanne nach 25 Jahren Ehe vor fünf Jahren von ihm hatte scheiden lassen, wurde er noch verschlossener und immer mehr zum Alleingänger und Eigenbrötler. Dabei war sein Verhalten durchaus ambivalent. Einerseits suchte er sowohl beruflich, wie auch im Hobby inspirierende Gespräche mit Bergsteigern und Kletterkameraden, allen Menschen, denen er in den Bergen begegnete, andererseits mied er so gut es ging jeglichen Kontakt mit Bekannten und Freunden und er suchte oft die Einsamkeit und Stille in der Natur. Geblieben war seine Leidenschaft für die Berge und die Natur, beides, worin sicher auch der Auslöser für das Scheitern seiner Ehe lag. Seiner emanzipierten Frau war das irgendwann zu viel geworden, und da er sich nicht ändern wollte, zog sie für sich die Reißleine und die Konsequenz, sie ging fortan ihre eigenen Wege. Letzter Auslöser war ein Ereignis, für das Willy, ihr Mann, im Grunde nichts konnte. Er war mit mehreren Personen in den Hohen Tauern unterwegs gewesen und sie hatte über fünf Tage nichts von ihm gehört, kein Anruf, nichts. Da hatte sie sich größte Sorgen gemacht, denn das war sonst nicht seine Art. Wie sich später herausstellte, war er in einem Gebiet unterwegs, wo es keinen Handyempfang gab. In den Hütten waren aber die Analog-Telefone für das Publikum gesperrt, weil ein Minister in den Bergen als vermisst galt und die Telefone für die Suchmannschaften freigehalten werden mussten. Ihre Sorge, die tagelange Ungewissheit, war schließlich nur noch der letzte Tropfen, der das Fass zum Überlaufen brachte.

Nach ihrem Geschmack verbrachte ihr Mann schon lange an zu vielen Wochenenden die Tage, und seit Jahrzehnten fast den gesamten Jahresurlaub in den Bergen, für die sie sich nie so recht begeistern konnte. Dazu war sie auch nicht in der körperlichen Verfassung, bei seinen Gewalttouren mithalten zu können. Ihre Bedürfnisse schienen ihn nicht mehr zu interessieren. Das tat es im Grunde auch nicht mehr, sie hatten sich längst zu sehr auseinandergelebt und der Kitt, der die Ehe zusammengehalten hatte, ihre Kinder, die waren Erwachsen und gingen ihre eigenen Wege.

Sie war Mitte fünfzig und schon seit längerer Zeit hatte ihr ein Bekannter Avancen gemacht, den sie vom NKT, dem Bühler Notfallkrisenteam, kannte. Dort war sie ein paar Jahre aktiv und kümmerte sich mit vielen anderen ehrenamtlichen Kräften nach Suizid oder tödlichen Unfällen um Hinterbliebene und Angehörige. Nun durfte sich der Charmeur berechtigte Hoffnungen auf

Erhörung machen. Er reiste gerne, aber nicht zu Fuß, sondern bequem mit Auto und Flugzeug zu interessanten Zielen und Sehenswürdigkeiten im In- und Ausland. Die gewählten Domizile waren keine schlichten Berghütten, sondern gute Hotels der Mittelklasse. Das lag mehr auf ihrer Wellenlänge.

Schon in jungen Jahren schloss sich Willy der Jugendabteilung des Alpenvereins an. Wenn er mit seinen Kumpeln nicht irgendwohin in die Berge fahren konnte, dann traf sich die Clique am Alten Schloss bei Baden-Baden. Gleich oberhalb beginnen die westlichen Ausläufer der imposanten Battert-Felsen. Unterhalb am Parkplatz traf er sich mit zwei, drei oder gelegentlich auch mehr Gleichgesinnten. Besonders an schönen Wochenenden in den Sommermonaten, wenn Willy nicht zu einer alpinen Tour in die Berge gefahren war, zog es sie dorthin.

Die markante Felsengruppe am Battert ist nicht nur ein imposantes Felsengebiet, eine einmalige Welt aus vertikalem Stein und ein beliebtes Kletterparadies, sondern auch wertvolles Naturreservat. Die bis zu sechzig Meter hohen senkrechten Wände bieten über dreihundert Routen zum Klettern und das in allen Schwierigkeitsgraden. Sie sind zum Teil sehr anspruchsvoll und es gab schon mehrere Tote. Sogar ein Extrembergsteiger, der 8000er bezwungen hatte, verlor hier sein Leben. Gerade diese Felsen wurden für ihn und seine Freunde zum idealen Trainingsfeld und – das war ein zusätzlicher Vorteil – sie waren schnell erreichbar. So konnte, selbst an langen Sommerabenden in der Woche, immer noch eine Klettereinheit eingelegt werden. Man blieb, solange es hell war, und hinterher ließ man den Tag irgendwo in der Stadt in einem Biergarten bei einem „kühlen Blonden" ausklingen.

Sie trafen sich meistens am Parkplatz bei der Schlossruine, und von da eilten sie zügig und voller Tatendrang auf dem unteren oder oberen Felsenweg zu einem der senkrecht, hoch aufragenden Wände. Einer von ihnen schleppte das Seil, anfangs noch ein schweres Hanfseil, und erst viel später hatte jemand das Geld, um ein modernes, viel leichteres Zwillingsseil aus Polyamid zu kaufen. Trotzdem gab es regelmäßig lange, unnötige Diskussionen darüber, wer an diesem Tag das Seil tragen musste. Das wurde beinahe schon zum festen Ritual, und wer es als Außenstehender hörte, konnte meinen, es gehe ums Überleben. Dabei wog so ein Seil mit rund fünf Kilogramm nun wirklich nicht die Welt. Es war eher lästig, es tragen zu müssen.

Der Weg dauerte kaum eine Viertelstunde. Vor Ort am Fuß eines der mächtigen Felsen angekommen, legte jeder sich einen Sicherungsgurt an, stülpte den Helm auf den Kopf und dann wurde geklettert bis es dunkelte oder die Kräfte versagten. Dabei benützte man vor Jahrzehnten noch ganz normale Bergschuhe. Erst viel später kamen spezielle Kletterschuhe auf den Markt, mit denen der Kletterer an steilsten Felswänden mit den Füßen regelrecht zu kleben schien. Das ermöglichte den Wagemutigen, noch ein paar heikle Passagen zusätzlich anzugehen. Von Route in 9 oder 10+ (Schwierigkeitsgrade) war da allerdings noch lange nicht die Rede.

Einer von ihnen sicherte jeweils seinen Partner, während sie in immer schwierigeren Routen die Zeit gegenseitig im Vergleich zu den anderen zu verbessern suchten. Im Laufe von Jahren hatte sich dabei mehr und mehr ein sportlicher Wettlauf mit bekannten Kletterern entwickelt. In jungen Jahren sprühten sie nur so vor Ehrgeiz, wie sich Willy gerne und auch mit etwas Wehmut an diese alte Zeit zurückerinnerte.

Das ging ein Jahrzehnt so; sie wurden älter und von seinen einstigen Kletterkameraden verzog einer nach dem anderen. Welche heirateten und dann hatte man fortan weniger Zeit oder kein Interesse mehr, andere hatten sich beruflich auswärts orientiert. Willy dagegen übernahm mehr Aufgaben innerhalb der Baden-Badener Sektion, gab nebenbei Kurse in Fels und Eis, und qualifizierte sich als Hochgebirgstourenführer. Inzwischen stand er nun schon über drei Jahrzehnte als Bergführer den Mitgliedern für anspruchsvolle Hochgebirgstouren in den europäischen Alpen zur Verfügung. Nebenbei machte er in den Bergen zahlreiche eigene Solo-Unternehmungen oder hatte öfters auch Arbeitskollegen und Freunde zur Seite, denen er sach- und gebietskundig voranging.

Willy arbeitete seit Abschluss eines Studiums als Maschinenbau-Ingenieur bei Mercedes-Benz in Gaggenau und wechselte später in das in Rastatt neu erbaute Montagewerk.

Von seinem Wohnort in Haueneberstein – ein Ortsteil von Baden-Baden – hatte er nie sonderlich weit zu fahren; weder früher nach Gaggenau, noch jetzt nach Rastatt. Eigentlich bei jedem Wetter – selbst im Winter – fuhr er die Strecke mit dem Fahrrad. In der Saison schwang er sich nach Feierabend sogar noch einmal auf sein Fahrrad und radelte die steile Straße zum Alten Schloss hinauf. Da gab es die Möglichkeit über das Förcher-Kreuz nach Ebersteinburg oder mit dem Mountainbike über Balg oberhalb der Klinik entlangzufahren. Nicht selten verausgabte er sich ein wenig auf den schweren Bergstrecken im Nordschwarzwald. Die gefahrenen Kilometer summierten sich dabei jährlich in die tausende.

Seine Bärenkräfte, seine Zähigkeit und sein Ehrgeiz hatten durchaus auch negative Seiten. Im Verlauf der Jahre blieben Willy nur noch eine Handvoll Freunde, die bereit waren, seine exzessive Kletterei, die steilen, schwierigen Bergtouren und extrem lange Wanderungen – selten unter 40 Kilometer – mitzumachen oder die überhaupt dazu in der Lage waren, da mithalten zu können. Leider schonte er weder sich noch andere – und so kam es wie es kommen musste; viele fühlten sich überfordert. Sie wollten lieber die Berge genießen „und nicht nur von A nach B hetzen", wie später in Gesprächen herauszuhören war.

Mit fünfundzwanzig lernte er seine spätere Frau Susanne kennen. In den ersten Jahren blieb dann nicht mehr ganz so viel Zeit für seine Freunde und die geliebte Kletterei. Willy ließ es sich aber trotzdem nicht nehmen, immer wieder ein Wochenende für sich freizumachen und mindestens vier- oder fünfmal im Jahr zwei- bis drei-tägige Bergtouren über das Wochenende einzulegen. Zusätzlich verbrachte er mindestens eine Woche seines Urlaubs im Montafon, im Stubai- und Ötztal oder in den Bergen Südtirols. In Südtirol waren es vor allem der Ortler, die Königsspitze und Monte Cevedale, die er bevorzugte. Das sind Berge, die es ihm sehr angetan hatten, ja geradezu ans Herz gewachsen waren. Sie zählten nicht zu den Modebergen, wie unter anderem das Matterhorn – und waren außerhalb der Saison weniger überlaufen, dafür aber durchaus anspruchsvoll und ambitioniert.

Dann waren da noch jährlich ein Dutzend Sektionsabende, an denen er in seiner Funktion teilnehmen musste, Kurse und Weiterbildungen ergänzten es, und das alles ging zeitlich zulasten seiner Familie.

Auf ganz wenigen Touren begleitete ihn anfangs Susanne, doch ihr fehlte die nötige Kondition und Freude „an dieser Schinderei", wie sie es nannte. Dann kamen im Jahresabstand zwei Kinder, Sohn Hans und Tochter Edith zur Welt. Fortan blieb die Mutter lieber zu Hause und kümmerte sich um Wohnung, Haushalt und Kinder. Viele Jahre ging das gut oder sie hatten sich arrangiert und seine Frau trug das noch mit. Selbst wenn sie es gerne anders gehabt hätte, redete sie nicht darüber, denn sie kannte die Dickköpfigkeit ihres Mannes und wusste, wie wichtig ihm neben dem Beruf seine Leidenschaft, die Berge waren, was er vielleicht sogar als Ausgleich dringend brauchte.

Die Erziehung der Kinder füllte die Mutter in diesen Jahren noch völlig aus und weckte keinen Widerstand. Ab und zu machte die Familie auch mal einen gemeinsamen Urlaub, vielfach auf einem familiengerechten Bauernhof im Schwarzwald, wo es Tiere gab und die Tochter reiten durfte. Einmal waren sie im gemeinsamen Urlaub sogar an der Nordsee und badeten im Meer. Ein anderes Mal ließ sich Willy zu einem Badeurlaub in Calpe, an der Orangenküste südlich von Valencia in Spanien überreden. Das versöhnte Susanne kurzzeitig für Entbehrungen in der Freizeit, das gab ihr Kraft zurück, und die Hoffnung auf Veränderung keimte auf. „Wenn Willy älter ist, tritt er vielleicht etwas kürzer, ist mehr zu Hause und dann könnten wir vielleicht etwas mehr reisen", hoffte sie. Doch seit auch die Kinder eigene Wege gingen, blieben für Willy und seine Frau leider keine Gemeinsamkeiten mehr übrig. Sie lebten sich immer mehr auseinander, gingen ihre eigenen Wege und schließlich kam dann Knall auf Fall die Trennung.

Die Gegensätze waren im Grunde schon lange unüberbrückbar geworden. Willy war ein Frühaufsteher und häufig morgens schon um 5 oder spätestens um 6 Uhr unterwegs, selbst wenn er nicht arbeiten musste. Seine Frau Susanne dagegen blieb lieber bis 7 oder 7.30 Uhr im Bett. Sein übertriebener Ehrgeiz kam auch im häuslichen Bereich immer wieder durch. „Wenn ich nicht der Erste bin, dann ist das für mich wie eine

Niederlage", war sein gerne geäußerter Spruch, was auf andere eher arrogant wirkte, auf Unverständnis stieß und sie nicht selten den Kopf schütteln ließen. Das galt im übertragenen Sinne für berufliche wie private Dinge. „Immer erster sein, immer Sieger." Das sagte er nicht nur so daher; das war seine Lebensphilosophie, seine innere Einstellung. Das diente weiß Gott nicht dazu viele Freundschaften zu fördern.

Beruflich war Willy erfolgreich seinen Weg gegangen. Nach Abschluss der Mittleren Reife und einer Mechaniker-Lehre holte er im Abendstudium die Fachhochschulreife nach und studierte anschließend Maschinenbau in Offenburg. Um es finanzieren zu können, arbeitete er wöchentlich 3 oder 4 Tage in der Spätschicht bei Mercedes, überwiegend an den Wochenenden. Von Montag bis Freitag studierte er tagsüber und die zeitaufwendige Fahrerei kam erschwerend hinzu. Oft musste er sich durchbeißen und stand am Rande der Erschöpfung. Diese Zeit prägte ihn in gewisser Weise und machte ihn härter und widerstandsfähiger, vielleicht jedoch auch unbequem – besonders anderen gegenüber. Was er von sich forderte, erwartete er ganz selbstverständlich von jedem anderen in seinem Umfeld.

Er war nicht nur ausgesprochen ehrgeizig, sondern in vielem speziell eigenwillig, ja beinahe schon ein wenig skurril und starrsinnig. Dabei war er ein begnadeter Tüftler und hatte die Gabe und Fähigkeit mit einfachsten Mitteln etwas zu konstruieren. In diesem Sinne gehörte er als Deutscher zu dem Typ Mensch, die einst die Russen während und nach dem Zweiten Weltkrieg fürchteten „wie der Teufel das Weihwasser": „Die machen aus jeder Blechbüchse eine Bombe!"

Tatsächlich fand er immer Wege sein Ziel zu erreichen; Hauptsache es erfüllte seinen Zweck. Schön mussten seine

Werke nicht sein und ob es modisch war und gefiel, war ihm völlig gleichgültig. „Ich will keinen Schönheitswettbewerb gewinnen", giftete er, wenn ihn jemand auf diese Seite ansprach. Von daher gesehen, konnte man Willy ohne Übertreibung einen Minimalisten nennen.

Nach dem Maschinenbaustudium fand er eine Anstellung bei Mercedes-Benz in Gaggenau als Betriebsingenieur und arbeitete viele Jahre für dieses Unternehmen. Bald leitete er verantwortlich verschiedene Abteilungen, galt aber sowohl bei den Mitarbeitern wie bei seinen Vorgesetzten als schwierig und vor allem sehr direkt und unbequem. Seine fachliche Qualifikation wurde dagegen nie in Zweifel gezogen – im Gegenteil – die war allseits anerkannt und wurde geschätzt.

Dann siedelte sich Mercedes-Benz mit einem Montage-Werk für Pkws der A-Klasse in Rastatt an. Das Unternehmen bot ihm in diesem neuen Werk eine gute Position und er überlegte nicht lange und wechselte. Das war für ihn wie eine Beförderung. Nebenbei waren seine zusätzlichen Vorteile: Er hatte einen kürzeren Weg nach Hause und war fortan nicht mehr in den Schichtdienst eingebunden. Das schaffte ihm zusätzliche Freiräume.

Schon seit Jahren war er jetzt dort Gruppenleiter in verantwortlicher Stellung. Das ermöglichte ihm eine weitgehende finanzielle Unabhängigkeit. Längst wohnte er im komfortablen, freistehenden eigenen Haus – einem modernen Ein-Familien-Wohnhaus mit zusätzlicher Drei-Zimmer-Einliegerwohnung in guter Wohnlage. Die Einliegerwohnung war an eine Frau im mittleren Alter mit ihrem erwachsenen Sohn vermietet, zu denen kaum Kontakte bestanden, wenn man vom „guten Tag" und „wie geht es?", einmal absah. Hauptsache die Miete kam pünktlich auf sein Konto, und da hatte Willy bis heute wirklich keinen Grund zu meckern.

Seine Frau konnte sich voll und ganz um Haus und Garten, die Kinder und deren Erziehung kümmern. Beide, Tochter und Sohn, hatten mit gutem Notendurchschnitt das Abitur gemacht, danach studiert, und inzwischen sind sie verheiratet. Es gab mit ihnen in der Kinder- und Jugendzeit nie größere Komplikationen, auch nicht in der Pubertät. Für die Kinder war die Mutter Erzieherin und Ansprechpartnerin in allen Lebenslagen. Der Vater war ja nie da. So bekam er vieles erst gar nicht mit. Inzwischen wohnt die Tochter mit ihrem Mann und den beiden Enkelkindern in der gleichen Stadt im eigenen Haus, sein Sohn dagegen im Stuttgarter Raum, und da gibt es auch schon einen Enkel. Die Weihnachtstage, Ostern und Geburtstage feierten bisher alle immer abwechselnd mal hier oder dort.

So gesehen war über mehr als 25 Jahre vermeintlich alles im grünen Bereich, und Willy war der Ansicht, auf einen durchaus erfolgreichen Weg zurückblicken zu dürfen und mit sich zufrieden sein zu können – und das war er in der Tat, ohne nach außen hin groß Worte darüber zu verlieren. Man hätte meinen können, das alles war ganz selbstverständlich für ihn. Dabei hatte Susanne nur solange abgewartet, bis ihre Kinder eigenständig und aus dem Haus waren, bis sie beide versorgt wusste. Umso mehr traf es ihn wie ein Keulenschlag, nachdem eines Tages seine Frau ohne Vorwarnung die Koffer gepackt hatte und ausgezogen war. Ein paar Tage später lag ein Brief von einem Rechtsanwalt im Briefkasten, der die Scheidung einleitete.

Zuerst war Willy wütend, enttäuscht und tief gekränkt. „Warum hat sie nichts gesagt, nicht offen mit mir geredet? Sie hatte doch alles, es ging ihr doch gut", redete er sich immer wieder in Rage. „Ich habe für dich ja schon lange keine Rolle gespielt", warf sie ihm später an den Kopf. „Hast du überhaupt noch gemerkt, dass ich da bin?" Doch nach einer gewissen Zeit hatte er sich mit der Situation abgefunden und arrangiert. „Dann bin ich schon niemand mehr Rechenschaft schuldig und muss keine Rücksicht nehmen oder jemand fragen", tröstete er sich trotzig.

Für Willy war die Trennung – außer dem temporären Gekränkt sein – kein Beinbruch. Essen konnte er in der Betriebs-Kantine und zu Hause kam er gut alleine zurecht. Es war ihm insgeheim sogar lieber. Nun konnte und durfte er tun und lassen, was er wollte, musste keine Erklärungen mehr abgeben, wenn er unterwegs sein wollte. War ihm nach Familie, dann besuchte er seine Tochter oder seinen Sohn und die Enkelkindern. Da fühlte er sich stets eingeladen und willkommen, wenngleich er nicht häufig davon Gebrauch machte und allenfalls ein oder zwei Tage blieb. Die Enkelkinder waren anfangs noch zu klein, dass er sie mit auf Bergtouren hätte nehmen können. Da blieb es bei einigen Stunden auf einem der Abenteuerspielplätze der Region, mal Begleitung an einen Baggersee und Einladungen auf ein Eis. Wenn er Spielzeug mitbrachte und die Sparbüchse gut füllte, war der Opa auch stets willkommen.

Selbst bei früheren Bergtouren war er bald nach den ersten Ehejahren im Grunde schon lieber alleine unterwegs gewesen. Da durfte er sein Tempo durchziehen, trug keine Verantwortung für seine konditionell schwächere Frau oder andere Begleitung. Das bezog sich somit durchaus auch auf Kontakte zu seinen einstigen Kletterfreunden. Die ehemals engen Verbindungen rissen nach und nach ab. So war er im Laufe der Zeit, unmerklich aber peu à peu zu einem Einzelgänger, zu einem einsamen Wolf geworden.

Das hing ursächlich einmal mit seiner spartanischen Einstellung und Lebensweise zusammen. Sowohl im Beruf wie auch in seiner Freizeit war und blieb er – wie schon erwähnt – „ein Minimalist". Nicht nur, dass er seine Begleiter regelmäßig überforderte und aus diesem Grunde schon kaum noch irgendjemand bereit war, ihn zu begleiten. Bei Material und Kleidung war Schlichtheit und Zweckmäßigkeit für ihn gut genug. Auf Mode legte er absolut keinen Wert. Wichtig war ihm, die Dinge erfüllten ihren Zweck, ob es unschön aussah oder nicht modisch war, das ließ ihn völlig unberührt.

In seiner Kindheit hatte er nie Taschengeld bekommen, sondern musste sich alles alleine verdienen, was er an Geld brauchte oder wollte. Vor der Schule und sonntags trug er Zeitungen aus, und sein Studium konnte er nur durchziehen, indem er in Nachtschichten arbeitete und geschuftet hatte. Zwangsläufig hatte er da schon früh gelernt sehr sparsam zu sein, und das blieb er selbst auch dann noch, nachdem er schon lange eine gutbezahlte Position innehatte, mehr verdiente wie er verbrauchte und Sparsamkeit eigentlich nicht mehr sein musste. Er verdiente längst mehr, wie er ausgab.

Nicht übersehen durfte man, dass Bergtouren vor vierzig oder auch noch vor dreißig Jahren ganz anders verliefen, wie es die heutige Generation kennt. Auf den Hütten gab es nur das Allernötigste. Essen wurde für alle Tage mitgeschleppt. Bei längeren Touren waren es vornehmlich Zwieback, Knäckebrot und ein großes Stück Speck oder Käse, dazu genügend Teebeutel, um täglich die Thermoskanne zu füllen, die neben einer verbeulten Wasserflasche zum unverzichtbaren Gepäck gehörte.

Willy, mit seiner großen, kräftigen Statur brauchte immer ordentlich was zu futtern und das erst recht, auf langen, anstrengenden Etappen in den Bergen bei hohem Kalorienverbrauch. So schleppte er regelmäßig – manchmal zum leichten Gespött seiner Kameraden – Minimum 10 Kilogramm und mehr nur an reinen Essensvorräten mit sich. Dafür sparte er lieber an der Kleidung. „Warum soll ich unterwegs die Kleidung wechseln, wenn ich nach einer halben Stunde eh wieder batschnass verschwitzt bin", war seine Devise und für ihn galt der alte Grundsatz: „In den Bergen wäscht man sich nicht."

Noch etwas kam hinzu. Dank seinem seit den Kindertagen exzessiv betriebenen Sport, verfügte Willy über eine unerschöpfliche Kondition, verbunden mit großer Ausdauer und Zähigkeit. Dies spielte er gerne hin und wieder gezielt aus, vor allem dann, wenn ihm seine Begleitung nicht so behagte. Damit überforderte er nicht selten seine Bergkameraden und am Ende wollte ihn niemand mehr begleiten. Die einen beschwerten sich: „Der Willy wäscht sich nicht und stinkt", die anderen maulten: „Mit diesem Ross kann doch kein normaler Mensch mehr mithalten. Ich will mich doch nicht kaputt machen lassen."

Dabei war Willy durchaus nicht mehr der Gesündeste. Seine Verantwortung in der Firma und der immer größere Druck vonseiten der Firmenleitung verursachten ihm Probleme mit dem Magen. Gegen die Übersäuerung nahm er regelmäßig Talcid-Tabletten, ein neutralisierendes Medikament. Und wenn er sich zu viel zumutete, neigte er gerne zum Erbrechen. Mehr als einmal hatten schon Mitglieder des Vorstandes der Sektion gutmeinend versucht die Probleme mit ihm zu besprechen, aber Willy schaltete rundum auf stur. Ihm war völlig egal, was andere über ihn dachten, und „wenn jemand nicht mit mir gehen will, dann soll er es bleiben lassen." Damit bügelte er kurzerhand sämtliche wohlwollenden Ratschläge ab.

So kam es, wie es kommen musste; Willy wurde einsamer, zynischer und gerne ein übertrieben wirkender Sarkastiger. Seine zuweilen bissigen Bemerkungen kamen nicht bei jedermann gut an. „Die verstehen eben keinen Spaß oder gehen zum Lachen in den Keller", giftete er, sich keiner Schuld bewusst. Zudem war er von Natur aus nicht der geborene Spaßvogel, sondern zählte eher zu den ernsteren Typen, zu den Schweigern, wenngleich es ihm in geselliger Runde gut gefiel, und nach einigen Gläsern Bier oder zwei, drei Viertel Wein konnte er sogar regelrecht auftauen und selbst Scherze zum Besten geben und Witze erzählen.

Bei allen Betrachtungen spielte das zunehmende Alter eine nicht unwesentliche Rolle. Vielleicht spürte er das, wollte es aber nicht zugeben, dass ihm manches nicht mehr so leicht von der Hand ging, wie noch vor zwanzig Jahren. Sehr zu schaffen machten ihm die permanent wechselnden Veränderungen am Arbeitsplatz – und das hatte sich schon zu einer Zeit verschlimmert, in der seine Abteilung im Unternehmen in Gaggenau wegrationalisiert wurde.

Mitte der 80er Jahre durchforstete McKinsey das Werk und fand, dass die Fahrzeugfertigung nicht mehr kostendeckend arbeitete und eingestellt oder verlagert werden sollte. Empfohlen wurde, fortan die Getriebefertigung für Lkws in Gaggenau zu konzentrieren und die Fahrzeugfertigung wurde ins Werk Wörth verlegt. Das betraf auch seinen einstigen Wirkungsbereich, und das schmerzte ihn mehr als ihm lieb war. Ein paar Jahre lang wurden ihm in wechselnden Abteilungen Aufgaben übertragen, die nicht immer seinen Neigungen entsprachen. Erst als in der zweiten Hälfte der 90er Jahre das Montage-

Werk für Pkws in Rastatt errichtet wurde und er dorthin wechseln konnte, brachte ihm seine Arbeit wieder mehr Erfüllung und es schien alles in Ordnung und im rechten Lot zu sein.

Dann hielten die Computer im Werk Einzug, mit denen er sich gar nicht anfreunden konnte. Zwar beherrschte er nach entsprechenden Kursen das, was für ihn unbedingt nötig war. Er wollte sich aber, nur wenn es gar nicht anders ging, damit beschäftigen. „Dieses moderne Zeug will ich nicht haben." Selbst gegen Handys wehrte er sich lange und gewöhnte sich erst daran, seit im Werk fast jeder nur noch mit dem tragbaren Telefon im Kittel unterwegs war und sich einbildete, wegen seiner Wichtigkeit permanent erreichbar sein zu müssen.

In den letzten Jahren spürte er überdies zunehmend den Druck – besonders seit immer mehr junge Ingenieure mit höherer Qualifikation und nicht wenige promoviert ins Unternehmen drängten. Er verspürte den allgemeinen Trend, altersbedingt aufs Abstellgleis geschoben zu werden. Obwohl er erst um die sechzig war, betraf das mehr oder weniger auch ihn, und bei Gesprächen mit den Vorgesetzten hörte er vermehrt deutlich den Hinweis, dass er doch freudig seinem Ruhestand entgegensehen dürfe und Jüngere ihre Chance suchen und bekommen sollten.

Viele in seinem Alter hatten in den letzten Jahren gezielte Angebote mit irgendwelchen Vorruhestandsregelungen angenommen und waren vorzeitig ausgeschieden. So kam es, dass er, ob er wollte oder nicht, in seinem ganzen Umfeld inzwischen zu den ältesten Mitarbeitern zählte. „Was nützen mir alle Ehrungen und Lobhudelei, wenn Können, fachliche Erfahrung und gereiftes Wissen nicht mehr zählen", äußerte er sich in Gesprächen öfters verärgert zu diesem leidigen Thema.

Vorzeitig in den Ruhestand wechseln, das wollte er lange Zeit auf keinen Fall, obwohl ihm dadurch durchaus mehr Freiräume für Wanderungen und die Berge winkten. Dafür fühlte er sich einfach noch zu fit, sowie stark genug – und überhaupt zu jung, als Ruheständler angesprochen zu werden. Das ging ihm gegen die Ehre, und außerdem war Willy so von sich überzeugt, der absolute Fachmann zu sein, ohne den „in diesem Laden nichts läuft, und dass er in der Praxis den unerfahrenen Emporkömmlingen noch haushoch überlegen war."

Insgeheim war er überdies mächtig stolz darauf, dass ihm im Hochgebirge so schnell kein Junger etwas vormachen konnte. „Denen zeige ich noch immer wo der Barthel den Most holt", hatte er sich häufig trotzig bei diesem Thema geäußert. Dabei merkte er gar nicht, dass es um ihn immer einsamer wurde.

Die steilen Wände der Battert-Felsen oberhalb von Baden-Baden

2

Mit Freunden im Montafon unterwegs

Nach einem milden Winter stand eine neue Saison für Bergtouren bevor. Es war das denkwürdige Milleniumsjahr anno 2000, und das war noch keine sechs Monate alt, da stand Willy früh um 4 Uhr an einem kalten Junimorgen fröstelnd am Bahnhof in Baden-Oos und wartete. Im Rahmen einer Sektions-Tour hatten sich Günther, Siegfried und Frank zu einer Fünf-Tages-Bergtour im Montafon angemeldet. Dabei war Frank bereit, mit seinem Auto, das für alle ausreichend Platz bot, den Chauffeur zu machen. Schon kam er um die Ecke gefahren und suchte einen Parkplatz, gleichzeitig bogen auch die anderen Begleiter auf den Vorplatz ein. Der frühen Stunde geschuldet, begrüßten sie sich wortkarg und ohne größere Emotionen. Selbst Siegfried war in seiner sonst gewohnten Art noch nicht zu Späßen aufgelegt.

Schnell wurden die Rucksäcke und Wanderstöcke im Kofferraum verstaut. Jeweils in einer separaten Tasche lagen die Bergschuhe parat und ein Paar extra Socken zum Wechseln bereit. Das alles musste noch in einen Zwischenraum in den Wagen passen. „Habt ihr alles dabei und nichts vergessen?", vergewisserte sich Willy vorsichtshalber. Alle nickten, dann konnte Frank losfahren. Er nahm den direkten Weg zur Autobahn. Weil

Siegfried beim Autofahren immer leicht Probleme mit dem Magen bekam, wollte man ihm zuliebe nicht über den Schwarzwald in Richtung Bodensee fahren, sondern wählte stattdessen die Autobahn über Stuttgart - Ulm und dann die A 7, Abzweigung nach Lindau und über die Grenze ins Montafon. Diese Route ist zwar etwas länger, sie hofften aber im Nebeneffekt dem ewig-nervigen Stau am Bodensee zu entgehen und kamen gleichzeitig Siegfried ein wenig mit seinen Magenproblemen entgegen. Sein Horror vor der Strecke vorbei am Weiler „24-Höfe" bei Schramberg hatte schon irgendwie neurotische Züge. Stattdessen nahm er lieber jeden noch so langen Umweg in Kauf.

Anfangs verhielten sich während der Fahrt alle sehr schweigend, was sicher der frühen Stunde geschuldet war. Siegfried döste vor sich hin und Willy war schon gar nicht nach reden zumute. Erst nachdem Frank monierte, dass ein wenig Unterhaltung es ihm leichter machen würde, während der langen Autofahrt wach und aufmerksam zu bleiben, ergaben sich spärliche Gespräche. Dabei waren natürlich in erster Linie Erlebnisse frühere Bergtouren das Thema oder schlicht allgemeine Alltagsprobleme und die kleinen, alltäglichen Sorgen. Die Politik blieb am Ende auch nicht außen vor. Wem wäre es nicht schon aufgefallen? Nicht nur Frauen lieben Klatsch und Tratsch, sondern die Herren der Schöpfung noch mehr.

Nach der stundenlangen Fahrt steuerte Frank den Parkplatz der Raststätte Allgäuer Tor zum ersten Halt an. Zuerst suchte jeder die Toilette auf, denn der Kaffee vom Morgen drückte auf die Blase. Günther und Frank wollten im Restaurant außerdem ein zweites Frühstück einnehmen und einen Kaffee trinken, wobei Günther sich den Luxus einer Butterbrezel gönnte. Willy bediente sich in gewohnter Weise von seinem eigenen Vorrat. Dafür hatte er sich zu Hause zwei belegte Doppelbrote in Aluminiumfolie eingewickelt und eines davon verzehrte er nun hier im Freien, dabei auf- und abgehend. Sein Blick schweifte ungewollt schon hin zur Silhouette der Berge, die im Dunst und Grau des Morgens lagen. Bevor sie weiterfuhren, kaufte Frank gleich noch das Pickerl für die Benützung der Autobahn auf der österreichischen Seite, danach waren sie wieder startbereit.

Der noch kühle Morgen hatte erfrischend und aufmunternd auf alle gewirkt; der Kaffee tat sein Übriges. Jetzt schien es so, alle waren endgültig wach geworden. Nach dieser Pause trat Frank das Gaspedal ein wenig kräftiger durch. Warum auch nicht? Die Straße war trocken, die Sicht gut und die Autobahn relativ frei. So kamen sie zügig voran. Kurz vor dem Lindauer Tunnel blitzte es zu Franks Überraschung plötzlich. „Teufel aber auch", schimpfte er erschrocken. „Seit wann ist denn hier eine Geschwindigkeitsbegrenzung; ich habe gar kein Schild gesehen." „Wie schnell bist du gefahren?", wollte Siegfried wissen. „Sicher 145 km/h!" „Oh, oh, das wird teuer und gibt Punkte", unkte Günther und schüttelte vielsagend den Kopf. „Gilt hier Hundert oder Hundertzwanzig? Mir ist kein Schild aufgefallen; wie lange besteht denn schon das Tempolimit schon?", entschuldigte sich Frank. „Na, jetzt kann ich es doch nicht mehr ändern, ich werde sehen was kommt. Drückt mir die Daumen, dass es kein Fahrverbot gibt."

Im Tunnel ist die Geschwindigkeit auf Hundert begrenzt, und Frank bemühte sich nun konzentriert dieses Tempo exakt einzuhalten. Dann erreichten sie die Grenze zu Österreich, fuhren ohne Kontrolle durch und näherten sich dem Pfändertunnel. Natürlich gab es dort den gewohnten Stau. „Bis jetzt ist es so gut gelaufen", maulte Günther. „Selbst bei Stuttgart und am neuralgischen Albaufstieg sind wir ohne Verzögerung durchgekommen. Jetzt muss es uns hier doch noch erwischen. Kann man denn nirgendwo auf der Autobahn unterwegs sein, ohne länger im Stau stehen zu müssen?"

Nur im stop-and-go kamen sie langsam voran, dann waren sie endlich im Tunnel und der Verkehr wurde flüssiger, sie konnten wieder frei fahren. Dabei galt es in Österreich penibel die Geschwindigkeit von maximal 130 km/h einzuhalten. In der Alpenrepublik gibt es häufig verdeckte Kontrollen und die Strafen sind saftig. „Die Österreicher haben die Piefkes (Schimpfwort für Deutsche) sowieso auf dem Kicker und kassieren, wo es nur geht", mokierte sich Willy. „Ja, unser Geld nehmen sie liebend gerne, egal wie", ergänzte Siegfried. „Habt euch nicht so, nicht alle sind gleich." gab Frank zur Ehrenrettung unserer Nachbarn in der Alpenrepublik seinen Senf dazu.

Ohne weitere Hindernisse fuhren sie an Feldkirch vorbei, immer tiefer ins Tal hinein, bis linkerhand Bludenz vor ihnen auftauchte. Dort verließen sie die Autobahn und nahmen die Landstraße nach Schruns. In Tschagguns galt es rechts zu halten und Latschau anzufahren. Sie wussten, in der Nähe der Talstation der Golmbergbahn sind ausreichend Parkplätze, wo das Auto ohne Probleme auch einige Tage stehen bleiben durfte.

Vor Ort zogen sie sich zügig um und schlüpften in die Wanderklamotten. Die Spannung auf das, was kommen wird, war ihnen allen anzumerken, und keiner konnte es erwarten, nach der langen Fahrt sich endlich freibewegen zu dürfen. Die Straßenschuhe oder Latschen wurden gegen die Bergschuhe getauscht, und Willy riet vor dem Start „sorgfältig nachzusehen, dass alles Nötige für die Hütten-Übernachtungen im Rucksack ist; Waschzeug, Hüttenschlafsack und Geld nicht vergessen." „Wir sind alt genug und nicht das erste Mal unterwegs", gab Siegfried leicht pikiert zurück. „Ich sag ja nichts und das werde ich doch noch sagen dürfen", erwiderte Willy spitz. „Jetzt habt euch nicht so", bemühte sich Frank schnell, die Ausuferung in eine überflüssige Diskussionen zu beenden. „Nehmt eure faulen Säcke auf den Rücken, damit wir endlich loskommen."

Günther war schon vorausgeeilt, um an der Kasse für die Bergbahn vier Karten für eine einfache Bergfahrt zu erwerben. Entgegen seiner üblichen Gewohnheit hatte sich Willy überreden lassen, diesmal die Seilbahn bis zum Golmer Joch zu nehmen, zumal von dort aus die Strecke der Gipfeltour über die Kreuzspitze und Geißspitze noch lang genug sein würde.

Es dauerte seine Zeit bis alle soweit waren und sie gemeinsam in die nächste Gondel einsteigen konnten. Die Sonne meinte es an diesem Tag gut mit ihnen und stand prächtig am wolkenlosen, azurblauen Himmel. „So sind die Berge fantastisch; so stelle ich sie mir immer vor", schwärmte Siegfried. „Eine richtige Postkartenidylle ist das", und er strahlte beim Blick aus der Gondel über das ganze Gesicht. Schon während der Fahrt durfte sich das Quartett an der erhabenen Bergwelt des Montafon im österreichischen Vorarlberg erfreuen, und schnell erreichten sie auch schon die Grüneck-Bergstation. Diese Station liegt knapp unterhalb der 2000-Meter-Grenze – und war es die Höhe oder das nachwirkende Gefühl der Gondelfahrt, dass die Beine sich beim Aussteigen etwas schwammig anfühlten?

Das gab sich allerdings schnell, denn von jetzt an ging es gleich auf steinigem Weg richtig zur Sache, steil aufwärts und einem grasbewachsenen Bergrücken zu. Willy gab das Tempo vor und zog zügig mit strammem Schritt die Serpentinen bergauf zur ersten Anhöhe. Dort hielt er kurz für einen Rückblick inne. „Konnsch nit e'mol longsom ebbis longsomer due, worum rennsch denn au so ve'ruckt!" klagte Frank, der sichtlich Mühe hatte hinterherzukommen und dem schon der Schweiß von der Stirn tropfte. Natürlich dachte keiner daran, dass Frank bereits mehrere Stunden hinter dem Steuer gesessen hatte und sich auf der Fahrt konzentrieren musste, während die anderen es sich bequem machen durften. „Wir müssen uns doch erst ein wenig einlaufen und den Kreislauf an die Höhe gewöhnen", fügte er schmollend hinzu. Doch Willy nuschelte nur kurz etwas in seinen Bart, ging weiter und hielt unverändert das Tempo hoch.

Unter dem Gipfelkreuz der 2351 Meter hohen Kreuzspitze verweilten sie bei einer ersten, kurzen Trinkpause und verzehrten ein Brot im Stehen bevor sie dann auf dem schmalen Pfad weiter teils bergauf, teils bergab und von einer Anhöhe zur anderen gingen. Zügig schritt Willy voran und die anderen hatten immer noch Mühe ihm zu folgen. Für ausführliche Gespräche, wie sie es sonst gewohnt waren, und wo über „Gott und die Welt" geredet wurde, blieb ihnen kaum Luft. Schon machte sich ein wenig Missmut breit. „Man sollte den Willy einfach rennen lassen, wir kennen ja den Weg", schlug Günther zwischendurch vor. Umgesetzt haben sie den Gedanken dann doch nicht; sie ergaben sich lieber dem Schicksal.

Auf halber Strecke wurde es Zeit, eine etwas längere Pause einzulegen. Mittag war längst vorüber und der Magen verlangte nach seinem Recht. „Großzügig" gönnte Willy seiner Truppe eine ganze halbe Stunde, dann wollte er weiter. „Was pressiert's dir denn so arg?", hakte Siegfried nach. „Wir kommen auch so früh genug in der Hütte an und hocken den späten Nachmittag und am Abend nur herum."

Über den Wilden Mann – auch knapp 2300 Meter hoch – schritten sie zum Gipfel der 2334 Meter hohen Geißspitze. Links und rechts am Weg standen die Alpenrosen in voller Blüte, in einer verschwenderischen Pracht, wie auch andere Bergblumen in den schönsten Farben. Im Grunde war es viel zu schade nur achtlos daran vorbeizurennen. Vom Bergkamm und den Gipfelspitzen, der wie ein aufgebogenes Hufeisen gewundenen Bergkette, ergab sich ein atemberaubender Rundumblick. Vor ihnen lagen im sonnenbetonten silbergrau die Drusenfluh, in Nachbarschaft die Sulzfluh, die markanten Drei Türme und andere Berge im beeindruckenden Felsmassiv des Rätikon. Das Rätikon ist eine mittelhohe Gebirgskette im Grenzgebiet zwischen Schweiz und Österreich. In der anderen Richtung blickten sie zu den Erhebungen des Vermunt. Bei diesem Anblick konnte jedem Bergfreund schnell das Herz aufgehen und die Sinne wurden gleich genordet.

Bei dieser Betrachtung und neben vielem Staunen musste Siegfried schnell einen Witz loswerden: „Warum fahren die Österreicher mit Fahrrädern an der Schweizer Grenze entlang? Damit die Eidgenossen sehen, die Österreicher haben auch Kettenfahrzeuge!" „Ach, Siegfried, du mit deinen Allerweltswitzen, die haben ja so einen langen Bart", spöttelte Frank, lachte aber trotzdem herzhaft mit.

Nach vielen Stunden standen sie an einem Punkt, weit oberhalb ihres Tageszieles, der Lindauer Hütte, die sie tief unten im Tal ausmachen durften. Von diesem Platz aus – wie auf einem Balkon über dem Tal – verlief der Weg in Serpentinen durch grasiges Gelände extrem steil abwärts. Der Pfad war schmierig und alle waren heilfroh, die Wanderstöcke mitgenommen zu haben, mit deren Hilfe die Knie doch etwas entlastet wurden, und es gab außerdem eine gewisse Sicherheit beim Absteigen. „Auf vier Füßen geht's leichter voran", musste einer der Schlaumeier loswerden und die andere nickte übereinstimmend. Trotzdem erwischte es Willy, der ausrutschte und schmerzhaft auf dem Hosenboden landete. „Kreuzsakrament", fluchte er laut, denn das hatte wehgetan. „Willy wie siesch'denn au'us, wi'wenn Hose voll häddisch", spöttelte Siegfried. Das ärgerte Willy noch mehr, denn tatsächlich war seine Hose im Sitzbereich vom lehmigen Boden arg ramponiert. „A, kumm, in'de Hütti wäsch'se glich us un morge isch' d'Hose widder trocke", versuchte Franz zu beruhigen. So kam es später auch. Anderntags sah man kaum noch etwas von dem Malheur.

Spät nachmittags waren sie, einsilbig geworden, bei der Lindauer Hütte, die auf 1744 Meter etwas oberhalb des Talgrundes steht. „Wir haben auf kurze Distanz rund 600 Höhenmeter Abstieg hinter uns gebracht", stellte Günther hinterher fest, „das ist eine tolle Leistung."

„Ist euch nicht aufgefallen, dass wir heute eindeutig viel zu wenig Pausen gemacht und zu wenig getrunken haben", bruddelte Siegfried. „Das geht so nicht; morgen mache ich das nicht mehr mit. Wir müssen mindestens jede Stunde eine kurze Trinkpause einlegen und zwischendurch häufiger einmal einen Bissen essen und wenn es nur ein Müsliriegel ist, sonst drohen Unterzuckerung oder Krämpfe." Frank und Günther gaben ihm recht und Willy nahm es zur Kenntnis. „Was wollt ihr denn? Jetzt sind wir da; alle haben es geschafft, jetzt kommt das Vergnügen, nun habt ihr Zeit, könnt trinken und zu essen so viel und solange wie ihr wollt, nebenbei könnt ihr euch auch noch erholen. Wenn wir uns ausruhen wollten, dann hätten wir ja gleich zu Hause bleiben können", fügte er – mit Nachdruck in der Stimme hinzu und er meinte was er sagte. „So ist er eben, der Willy – das Urgestein der Berge – was soll also die fruchtlose Diskussion?", gab Frank mit den Schultern zuckend zu verstehen. „Wir hätten es wissen müssen, dass es mit dem Willy keine Pläsier-Tour werden wird."

Die Ankömmlinge hielten zielstrebig dem Trockenraum zu, befreiten die Füße von den Bergschuhen und deponierten sie im Vorraum in den vorgesehenen Wandregalfächern. Die Wanderstöcke fanden ihren Platz am Hakenbrett. Dann begab sich Günther zur Theke und meldete die Gruppe mit vier Personen an. „Wir sind Mitglieder im Alpenverein und möchten gerne für heute und morgen einen Platz im Matratzenlager sowie Halbpension." „Ist in Ordnung, ich teile euch nachher die Schlafplätze zu. Das Abendessen ist um 19 Uhr und Frühstück kann ab 6 Uhr eingenommen werden. Beim Abendessen müsst ihr sehen, wo ihr freie Plätze an den Tischen findet. Es sieht aber nicht schlecht aus; wir werden heute nicht überbelegt sein", merkte der Hüttenwirt freundlich an, während er nebenbei geschäftig bestellte Getränke richtete und sich anscheinend um fünf Dinge gleichzeitig kümmerte. Man sah, dieser Mann hatte die Sache vollkommen im Griff.

Derweil schlurften die anderen mit Schlappen oder Hüttenschuhen in den Gastraum und der Hüttenwirt hieß alle „herzlich willkommen". „Was habt ihr vor, wo wollt ihr denn hin?" stellte er nebenbei die Frage. „Wir wollen Morgen über den Klettersteig auf die Sulzfluh und kommen am Abend wieder hierher zurück. Tags darauf gehen wir zur Tilisuna-Hütte weiter", antwortete ihm Willy, „und fahren anschließend auf der Silvretta-Höhenstraße zur Bielerhöhe." „Das wird sicher spannend, das Wetter wird halten", machte der Wirt Hoffnung.

Nach der Aufnahmezeremonie, nahm jeder seinen Rucksack in die Hand, sie stiegen die Treppe nach oben, um im zugewiesenen Raum das vorgesehene Lager einzunehmen. Man hatte ihnen die Betten 22 bis 25 zugeteilt. Auf jeder Matratze lagen zwei Decken und ein Kopfkissen am Fußende bereit. Schnell holten Siegfried, Günther und Frank ihre Hüttenschlafsäcke aus dem Rucksack und legten sie auf der gewählten Matratze aus. Das Kissen am Kopfende wurde damit eingeschlagen und eine Decke über das Fußteil ausgebreitet. Die zweite Decke diente als Reserve, falls es nachts kühl werden sollte. Zuletzt wurde auch noch das Waschzeug ausgepackt und dann verließen sie wieder den Raum.

Zu diesem Zeitpunkt war kaum jemand in der Gaststube, weil es draußen auf der Sonnenterrasse noch zu schön und angenehm warm war, sodass sich die Gäste lieber an den Tischen in Freien aufhielten. Andere hatten sich einfach irgendwo im Gelände niedergelassen. Willy sahen sie bereits sitzen, ein Weizenbier vor sich. Das war ihm offensichtlich wichtiger, als das Nachtlager herzurichten. Sie setzten sich ohne diesbezügliche Bemerkungen einfach zu ihm, mussten aber noch einmal zurück ins Haus, weil in den Berghütten überall Selbstbedienung besteht. Notgedrungen holte sich jeder das gewünschte Getränk an der Theke; eine Apfelsaftschorle, ein Weizenbier oder etwas anderes. Nebenbei hatte sich Günther einen Kaiserschmarren bestellt, den ihm die Bedienung kurz darauf heiß am Tisch servierte.

Die Gespräche am Tisch waren anfangs noch einsilbig und verliefen wenig ergiebig. „Willy, vergiss nicht deine Hose zu reinigen, sonst blamieren wir uns mit dir", spöttelte Frank. „Jo, jo, des werd'i scho no moche", bruddelte Willy. Siegfried hielt es nicht lange am Platz. Nach einem Getränk, das er relativ zügig geleert hatte, brach er nochmals auf, schlenderte erst durch den in der Nähe angelegten gepflegten Alpengarten und studierte die Hinweisschilder zu den einzelnen Gewächsen. Anschließend lief er gemächlich den leicht ansteigenden Weg in das üppig grüne hintere Tal, bis er vor einer verlassenen Alpe stand. Die unbewohnte Häusergruppe aus wettergealterten, massiven Holzhäusern zeigte die sichtbare Patina einstiger sehr langer Nutzung. Währenddessen blickte er hoch zur Drusenfluh und Sulzfluh, die am Spätnachmittag von der westwärts ziehenden Sonne beleuchtet wurden und golden strahlten. Ein Murmeltierpärchen vertrieb sich spielend vor einem der Schuppen die Zeit und gab nicht einmal einen Warnpfiff ab, als der einsame Wanderer sich ihnen langsam näherte. Die zutraulichen Tierchen schienen offensichtlich an Menschen gewöhnt zu sein.

Gegen 19 Uhr wurde das Abendessen ausgegeben, jetzt fanden sich nach und nach alle Übernachtungsgäste im Gastraum ein. Die vielen, tagsüber anzutreffenden Gäste, die von Latschau aus nur einen Spaziergang hierher gemacht hatten, waren längst auf dem Heimweg. Zunehmend füllten sich die Tische und jetzt fanden die Badener rundum Gesprächsteilnehmer, mit denen über Bergtouren, Urlaub und alles Mögliche gefachsimpelt oder geredet werden durfte. Und Günther hatte nicht nur zwei Viertel Rotwein geleert, sondern mit anderen in der Runde schon fünf Williams. Dabei sah er sich gewissermaßen als Opferlamm, denn in der Hütte war es Usus, dass der Wirt jedem Gast einen Willkommensschnaps spendiert und nicht alle wollten den Hochprozentigen trinken. Da musste eben Günther herhalten. „Ma konn den jo nit verkomme losse" (man kann doch nichts verkommen lassen), meinte er lakonisch.

Die Abendstunden vergingen wie im Fluge, bis es gegen 22 Uhr Zeit zum Waschen wurde und den Platz im Lager einzunehmen. Gähnen hatte sich in der Runde breit gemacht und wirkte auf andere ansteckend. Alle waren sichtbar müde; kein Wunder, der zu Ende gehende Tag war lang geworden, und es wurde nun hohe Zeit für die Sinne, die endlos vielen Eindrücke zu verarbeiten und gedanklich der richtigen Schublade zuzuordnen.

Damit Frank überhaupt einschlafen konnte, stopfte er sich Ohropax in die Ohren. Aus Erfahrung wusste er, während der Nacht ist in einem Matratzenlager der Lärmpegel durch Schnarcher und andere Geräusche grenzwertig. Nur mit Ohrstöpseln konnte er das ertragen und einigermaßen Ruhe finden. Seine Kumpels störten sich weniger daran oder konnten trotz der Schnarcherei schlafen. Besonders Willy war darin ein Phänomen. Kaum lag er auf der Matratze, war er eingeschlafen und schnarchte wie ein Pferd – oder „sägte ganze Wälder nieder", wie regelmäßig gefrotzelt wurde.

Morgens um 6 Uhr kam Bewegung in die Bude. Auch Willy hatte für diese Zeit aufstehen angesagt, und so verließen alle der Truppe zögernd und nach Recken und Strecken das Lager und sie eilten in den unten befindlichen Waschraum. Das Wasser wurde direkt aus dem Gletscher gespeist und lief eiskalt aus der Leitung; für eine Katzenwäsche reichte es aber und ein wenig Abhärtung hatte noch nie geschadet. Nicht selten sah man ausgesprochene Asketen, die sich daran weideten, splitternackt von oben bis an die Zehen Ganzkörperwäsche zu treiben. So ist es im Leben, der eine tat zu wenig, andere zu viel.

Kaffeeduft hatte sich breit gemacht und zog aromatisch durchs Haus, was den Appetit anregte. Brot und Marmelade für das Frühstück standen am reservierten Platz bereit und eine Kanne Kaffee wurde gebracht, sobald sie am Tisch saßen. So dauerte es nicht sehr lange, bis jeder des Quartetts ein oder zwei Tassen Kaffee getrunken und Brote mit Marmelade oder Käse gegessen hatte.

Hinterher wurden alle Gegenstände und persönlichen Sachen, die an diesem Tag nicht gebraucht wurden, in einem mitgeführten Beutel verstaut und im Lagerraum deponiert. Zuletzt wurde noch der Rucksack fertig gerichtet, Vesper und Wasser darin verstaut, und um 7 Uhr standen alle Mann hoch zum Abmarsch draußen vor der Türe. Die Bergschuhe waren geschnürt, der Rucksack auf dem Rücken und die Wanderstöcke in der richtigen Länge für den Weg talwärts eingestellt. Jetzt kribbelte es mächtig in den Beinen und drängte die unternehmungslustigen Badener zum alsbaldigen Aufbruch.

Zügig ging's kurz abwärts, sie folgten dem Gebirgsbach das Tal hinaus, bis ein Pfad rechts abzweigte und von da an steil am Hang aufwärts führte. Das brachte den Kreislauf richtig in Schwung und schon kamen jeder arg ins Schwitzen. Nach wenigen hundert Höhenmetern im Aufstieg, standen sie am Beginn des nordseitigen Klettersteigs der Sulzfluh. Im Blick auf die gegenüberliegende Seite konnten sie gut den Weg erkennen, wo sie sich gestern mühsam herunterquälten. Dann wurden Gurte und Klettersteigsets angelegt, der Kopf mit einem Helm geschützt und flott stiegen sie in den Klettersteig ein.

Über leicht zu kletternde Felsen, an Leitern und Seilen gesichert, gewannen alle Mann zunehmend an Höhe. Das machte Spaß und die Schwere des Morgens entflog im Nu. Zwischendrin kamen sie zu einer Besonderheit im Klettersteig – die 350 Meter lange Gauablickhöhle – und Frank war ursprünglich der Meinung, aus dem Tunnel auf der anderen Bergseite wieder herauszukommen. Doch zur Überraschung traten sie auf der gleichen Bergseite und ohne nennenswerten Höhengewinn wieder ins Licht und Freie. Spannend war der finstere Durchgang trotzdem. Der Blick von innen auf die Silhouette der Berge gegenüber, erinnerte lebhaft an ein gerahmtes Gemälde.

Nach weiteren hundert Höhenmeter erreichte sie eine Flachstelle und jetzt war es Zeit für eine Pause. Jeder suchte ein geeignetes Plätzchen, einen Stein zum Draufsitzen und eine Stelle den Rucksack abzulegen. Beim Essen erfreuten sie sich nebenbei am fantastischen Panorama und der weiten, klaren Sicht. Sie orteten die Schesaplana, den höchsten Berg des Rätikons, die Zimba und andere erhabene Gipfel der Region. Nur kurz war die Trink- und Vesperpause, dann trieb Willy seine Begleiter weiter. Der Rest nach oben war allgemein unschwere Kletterei. Sie kamen aus dem Klettersteig in loses Gelände, vermischt mit Schnee. Über Felsplatten und in ausgetretenen Spuren im Schnee gelangten sie schließlich auf den höchsten Punkt der 2818 Meter hohen Sulzfluh.

Sie hatten einen schönen Gipfel geschafft, waren stolz und gratulierten sich gegenseitig mit „Berg Heil". Zwischendurch stellten sie sich für ein obligatorisches Gipfelfoto in Pose. Hinterher suchte jeder auf dem relativ flachen Plateau einen geeigneten Sitzplatz. Nun endlich wollten sie eine längere Rast einlegen. Die Sonne schien angenehm warm. Hungrige Dohlen umkreisten ihre Köpfe, und ohne Scheu ließen sich die Rabenvögel sogar aus der Hand füttern.

Hinterher stieg die Vier über den felsigen Teil wieder ab, orientierte sich dabei aber an den Markierungen nach rechts, Richtung Tilisuna-Hütte. Sie mussten ein flaches Felsplateau aus Kalkstein überschreiten, das mit Wellen, engen Spalten und Rissen eher einem wogenden Meer glich oder stark an Gletschereis erinnerte, in Jahrmillionen durch Auswaschungen und Erosion geformt; eine Augenweide. Aus vielen Felsnischen leuchteten kleinblütige Alpenblumen hervor, die sich wie bunte Kissen ideal der rauen Umgebung anschmiegten und als wahre Überlebenskünstler zeigten.

Der flache Weg mündete in einen tief ins weiche Erdreich eingetretenen Pfad dem sie durch sattgrüne, blühende Alpenwiesen folgten. Vermutlich sind in langer Zeit schon tausende Wanderer und noch mehr Kühe hier entlang gezogen. Ins Blickfeld kam unterhalb des Pfades die Tilisuna-Hütte, nur einen Steinwurf entfernt. Sie schwenkten aber nach links, gingen kurz sehr steil aufwärts und überquerten den Bergkamm. Auf der anderen Seite folgten sie dem steinigen Weg am Bilkengrat. Dieser unangenehm zu gehende Pfad führte nicht nur steil abwärts ins Tal; das lose Gestein, das rutschige Geröll im Weg erforderte eine gute Balance, um nicht umzuknicken und sich eventuell den Fuß zu verstauchen oder gar zu stürzen.

Zudem zog er sich endlos lange dahin. Der steile Abstieg belastete übermäßig die Knie, die sich irgendwann schmerzhaft bemerkbar machten. Außerdem schien die Spätnachmittagssonne prall in das schattenfreie Gelände hinein. Siegfried und Günther hatten längst ihre Wasserflaschen geleert und jammerten, denn es war noch nicht einmal die Hälfte der Wegstrecke nach unten zurückgelegt und sie hatten Durst. Je weiter es sich hinzog, umso lauter wurde ihr Jammern und Klagen. Doch wenn man noch ein Auge dafür hatte, entschädigten die einmalige Natur und die abwechslungsreiche Landschaft für alle Anstrengung und Mühe. Wenn es auch ätzend und quälend war, kamen sie am Ende doch alle glücklich im Talgrund an. Erfahrungsgemäß geht jede Schinderei irgendwann zu Ende. Unten floss reichlich Wasser, genug um zu trinken und die Flaschen zu füllen. Sie taten es: „Wer weiß, was noch kommt", mahnte Günther vorausschauend.

Doch leider stieg der Weg von da aus wieder über einhundert Höhenmeter an – und aufwärtsgehen, das tat jetzt nach den vielen Stunden und der zurückgelegten Strecke richtig weh. Die Müdigkeit zollte Tribut, lähmte und der Körper wollte nur noch ruhen. Mühsam, Schritt für Schritt schleppten sie sich dem Tagesziel entgegen. Dabei zeigte ihnen bei der Ankunft ein Blick auf die Uhr an, dass es noch Zeit genug sein würde, sich im Rest des Tages ausreichend erholen zu dürfen.

Noch war es Nachmittag und damit genau richtig für einen Kaffee mit einer Portion Apfelstrudel. Sowohl Günther wie auch Frank bestellten ihren mit Vanillesoße, während sich Siegfried ein Apfelsaftschorle und eine heiße Suppe bringen ließ. Nur Willy verzichtete wieder einmal auf ein Essen und trank lieber ein Weizenbier. „Jedem eben das Seine", kommentierten es die anderen. „Man gönnt sich ja sonst nichts."

Hinterher zogen sich Frank und Günther ins Matratzenlager zurück und hielten ein etwas verspätetes Mittagsschläfchen. Schlafen war es nicht, dafür war zu viel Unruhe im und ums Haus, aber der Körper durfte liegen und das tat auch gut.

Der Abend gestaltete sich in gewohnter Weise und Plauderrunde locker, mit der Ausnahme, dass Günther zum Schluss noch einen Absacker brauchte und beim Hüttenwirt zum Schluss vier Williams bestellte. Gerne nahmen die anderen den spendierten Rachenputzer an und prosteten dem Spender zu. Siegfried stimmte mit sicherer Stimme den Trinkspruch an: „Wir trinken nur wenn's nix koscht (kostet), ja wenn das so ist, ja wenn das so ist, dann Prost." Alle zeigten sich fröhlich und zufrieden verließen sie den Gastraum. Die Nacht verging dafür wie üblich mit Schnarcherei und der aus vielfältigen Gründen permanent immer vorherrschenden Unruhe. Um 6 Uhr in der Frühe gab Willy das Zeichen zum Aufstehen, und nach dem gewohnt üppigen Frühstück verließ die Truppe um 6.45 Uhr das Haus.

Wie am Vortag, liefen sie erst wieder das Tal hinaus, nun aber weiter und auf dem gleichen Weg, den sie am gestrigen Nachmittag herunterkamen, heute aber mit dem entscheidenden, spürbaren Nachteil, sie mussten aufwärts und in vielen, vielen Serpentinen über den Bilkengrat. Niemand hatte dabei einen Blick für die zarten Alpenrosen, die im Morgentau befeuchtet, in voller Blüte am Wege standen, oder auf die kurz- und langstieligen Enzian, die in tiefem Blau leuchteten und mit den gelben Blumen wetteiferte. Trotzdem sie sich alle gut ausgeruht fühlten, der schönen Umgebung und der klaren Luft, fiel es anfangs Siegfried und Frank schwer, richtigen Tritt zu fassen und ihren eigenen Rhythmus zu finden. Die letzten beiden Tage steckten ihnen doch noch spürbar in den Knochen. Nach dem Winter fehlte ihnen für solche anspruchsvollen Touren noch etwas die nötige Kondition und Ausdauer. Es ist eben doch etwas anderes, Bike zu fahren, Langlauf zu machen oder im Studio zu trainieren, als zu Fuß stundenlang in den Bergen und in einer gewissen Höhe unterwegs zu sein. Diese Erkenntnis nützte beiden an diesem Morgen allerdings herzlich wenig. Wieder war Willy der unbarmherzige Antreiber und gab ein strammes Tempo vor. Schnell lief ihnen der Schweiß aus allen Poren und auch das beste Deo hätte versagt. Die Luftfeuchtigkeit, die unangenehme Schwüle im wasserreichen Tal war relativ hoch und taten ein Übriges. Anfangs hatten sie noch die Wanderjacken an. Die zog bald einer nach dem anderen aus und das gute Stück wurde im Rucksack verstaut. Nebenbei wurde schnell ein Schluck Wasser aus der Flasche genommen; dann konnte es weitergehen. Bergauf wurden die Gespräche spärlicher. Vielleicht fehlte dafür die Luft, und so trabte eben einer hinter dem anderen her – immer im gleichmäßigen Tempo bergan.

Froh, am Übergang zur Tilisuna-Hütte zu sein und in der Schwarzen Scharte, sah man das mächtige, mehrgeschossige Haus unterhalb am Hang im offenen weitläufigen Tal, kurz oberhalb des Tilisunasees. Das gab automatisch neuen Schub einen Zahn zuzulegen: „Abwärts geht es nun mal leichter, denn es wird halt immer seichter", scherzte Frank lachend.

Durch blumenübersäte Wiesen und auf dem schon bekannt-schmalen, tief ins braune Erdreich eingetretenen Pfad liefen sie abwärts der Berghütte zu, die auf 2211 Meter Höhe liegt und einen weiten Blick ins Lechquellengebirge verspricht.

Für ein zweites Frühstück war es noch zu früh und Willy wollte eigentlich gar nicht pausieren. Nur, Siegfried und Günther waren, ehe er es sich versah, schon im Haus verschwunden und hatten sich schnell ein Glas Apfelsaftschorle geholt, das sie nun auf der Terrasse in Ruhe austrinken wollten. „Der angebrochene Tag ist noch lang, wir brauchen nicht zu übertreiben und uns abhetzen", mahnte Siegfried an.

Nach zwanzig Minuten brachen sie wieder auf, hoch zum Schwarzhornsattel. Erneut wurde es steiler, dabei lag vor ihnen die Mittagsspitze im strahlenden Licht der intensiv auf den Hang scheinenden Morgensonne. Den Gipfel wollten alle gerne mitnehmen, also schritten sie kurz entschlossen über die flache Almwiese dem Einstieg zu, kamen in den Fels und auf ging's, bei leichter Kletterei, zügig dem Gipfelkreuz zu. Dieser Aufstieg hatte für die geübten Kletterer kaum mehr als zwanzig Minuten in Anspruch genommen und das nötigte sogar Willy Respekt ab.

Oben stellten sie sich für ein Gipfelfoto in Positur und verfielen in eine längere Diskussion, welcher Berg wo zu sehen sie.

Die Zimba, das „Matterhorn des Rätikon" wurde klar ausgemacht und viele andere, die sie nicht zu benennen vermochten. Unten sahen sie den grünlich schimmernden Stausee des Kraftwerks von Latschau, wie ein edler Smaragd in der Landschaft, hinter ihnen weißgrau im Sonnenlicht leuchtend Sulzfluh, Drusenfluh und die Drei Türme, die das Panorama dieses Gebietes dominieren. Es war ein unvergleichlich herrliches Bild, wie auf einer Postkarte. Gerne hätten sie am Gipfelkreuz länger verweilt, doch ihnen war bewusst, dass sie noch einen längeren Weg und langen Tag vor sich hatten.

Das Wetter hielt sich stabil, so konnten sie ohne Einschränkung sitzend eine kurze Ess- und Trinkpause einlegen, bevor sie zum Abstieg in den Schwarzhornsattel aufbrachen. Weiter ging es zuerst auf Pfaden durch den mit Alpenrosen und Latschenkiefern gesäumten Hang. Der Weg querte Almwiesen, über die sie hinweg mussten, dabei wurden sie von neugierigen Kühen auf der Weide beobachtet. Siegfried wurde es etwas mulmig zumute. „Ich habe schon einmal ungute Erfahrung gemacht. Eine Kuh stürmte auf mich los und warf mich einfach um. So schnell konnte ich gar nicht reagieren und weglaufen", schilderte er sein Trauma. Die anderen lachten. „Stellt euch Siegfried als Torero vor." „Lacht nur, ich wünsche euch so eine Begegnung nicht, das hätte schlimm ausgehen können. Behaltet die Viecher lieber im Auge", warnte dieser mit leicht erhobener Stimme.

„Da hat er vollkommen recht, meldete sich Günther, denkt an Bernd Karcher, der vor einigen Jahren von einem Stier übel attackiert worden ist. Nur mit knapper Not hat er das überlebt und lag danach Monate in den Krankenhäusern. Seine Milz war gequetscht, er hatte starke inneren Blutungen und musste mehrere Operationen über sich ergehen lassen. Beim Angriff versuchte er noch zu fliehen und sich hinter einem Baum in Sicherheit zu bringen, doch das Tier wickelte ihn geradezu um den Stamm. Das ging alles so schnell, er wusste er gar nicht wie ihm geschah. Seitdem kämpft er mit gesundheitlichen Probleme und klagt über dauerhafte Schäden. Ihr wisst ja, heute ist er ein überzeugter Vegetarier und lebt nur noch von Käse und Salaten. Und das alles, weil er so einem bulligen Tier zu nahe oder in die Quere gekommen war. Auch nicht zu vergessen, wieviel Bauern sind schon durch ihre eigenen Rindviecher ums Leben gekommen?" „Ja, da denkt man nicht einmal daran, wenn man die Wiederkäuer so friedlich grasen sieht", gab Frank hinzu. Es passierte aber nichts während der kurzen Passage. Das Ende der umzäunten Weide erreichten sie ohne Zwischenfall, folgten dann dem normalen Fahrweg, der vom Ort her zur Lindauer Hütte führt. Nur noch wenige Schritte und sie waren bei den ersten Häusern am Ortsrand angelangt und schließlich am Parkplatz beim Auto.

Ruckzuck waren die Rucksäcke im Kofferraum verstaut und behände tauschten sie die Bergschuhe gegen Straßenschuhe. Wieder einmal setzte sich Frank hinters Steuer, fuhr los und über Schruns, St. Gallenkirch, und Partenen tiefer ins Tal hinein. Man sah den schmucken Dörfern an, dass sie voll auf Tourismus eingestellt sind. Hier ist im Sommer wie im Winter Saison. Die Gasthäuser zeigten sich im üppigen Blumenschmuck, Holzschnitzereien boten ihre Waren feil und Textilgeschäfte modische Dirndl und Trachten, die Frauen ins Schwärmen geraten ließen.

Je weiter sie fuhren, desto enger wurde das Tal, die Straße kurviger. Links und rechts säumte Wald die steilen Hänge. Nach einer halben Stunde Fahrt begann die Silvretta-Hochalpenstraße, wo an der Mautstelle ein Obolus für die Benützung fällig wurde. Die Silvretta-Hochalpenstraße zählt zu den schönsten und beliebtesten Straßen der Alpen. In 32 Kehren führt sie über etwas mehr als 22 Kilometer zum Silvretta-Stausee auf der Bielerhöhe. Dort öffnete sich ein Hochtal von hochaufragenden Bergen umgehen. Rechts der Straße verlief die gewaltige Druckrohrleitung talwärts, die das Wasser vom höchstgelegenen Stausee der Illwerke zum Kraftwerk im Tal befördert.

Trotz der sehr abwechslungsreichen Fahrt waren die Mitfahrer froh, endlich vor Ort zu sein und aus dem Auto steigen zu dürfen. Die vielen Kurven hatten den Magen übermäßig strapaziert. Direkt am Stausee finden die Auto-Touristen genügend Parkplätze, wo sie mehrere Tage das Auto gebührenfrei stehen lassen dürfen. Nach dem gewohnten Ritual, schnell in die Bergschuhe wechseln, den Rucksack schultern, schauen, dass man nichts vergessen hat, trieb Willy schon wieder zur Eile an, während er unruhig auf und ab lief. Nun rebellierte Günther. Da es Mittagszeit war, wollte er unbedingt im Restaurant am See „etwas Gescheites" essen. Die anderen zeigten sich solidarisch und so blieb Willy nichts anderes übrig, als sich der Mehrheit zu beugen. Sie betraten das Restaurant, fanden auf der Seeterrasse freie Plätze an einem der Tische und bestellten sich – mit Ausnahme von Willy – ein Mittagessen à la carte und dazu ein Bier. Zum Schluss wollte Siegfried unbedingt auch noch einen Kaffee haben, und dann waren zumindest diese drei zufrieden gestellt und bereit für den weiteren Weg.

Zuerst eilten sie rund einen Kilometer auf dem Staudamm entlang. Dort, am Ende des Sees, zweigt der Weg ins Tal Richtung Wiesbadener Hütte ab. Gleich wurde es sanft steiler, ohne besonders anstrengend zu sein. Felsbrocken am Weg und tief unten eine Schlucht, durch die sich wildschäumend Schmelzwasser zwängte, säumten anfangs den Weg. Das Rauschen des tief eingegrabenen Gebirgsbaches begleitete sie, und bei angeregter Unterhaltung gewannen sie schnell Höhe. Von oben kamen ihnen Wanderer entgegen, auf dem Rückweg ins Tal und mit dem einen oder anderen ergab sich ein kurzes Gespräch, bis sie bei der Wiesbadener Hütte angekommen waren.

Die Berghütte auf 2442 Meter hatten sie, seit sie am See losgegangen sind, in zwei Stunden erreicht. Sie ist ein beliebter Ausgangspunkt zum Piz Buin, zur Dreiländerspitze und anderen bekannten Bergen in der Region. Zudem tangiert sie die Silvretta-Runde, ist Stützpunkt für Übergänge zur Saarbrücker Hütte, sowie zur Jamtalhütte, und somit ein entsprechend gut frequentiertes Haus

Unterwegs war linkerhand der Gipfelaufbau des Hohen Rad mit knapp 3000 Meter zu sehen, das erhaben über dem See thront. Vor ihnen halbrechts sahen sie den erwähnten Piz Buin, quasi auch einer der Modeberge für Bergsteiger, zu dem viele auf diesem Wege hinauf wollen. Der Berg steht charakteristisch hoch aufragend weit hinten im Talschluss. „Da möchte ich in den nächsten Jahren gerne auch noch hin", äußerte Günther seinen Wunsch. „Und ich gehe mit, ich habe aber gehört, dass der Gletscher immer weiter zurückgeht und es somit schwieriger wird, einen geeigneten Übergang zu finden. Wir werden uns demzufolge beeilen müssen, wenn wir das in diesem Leben noch schaffen wollen", erwiderte Siegfried. „Ja, ja, der Gletscherrückgang in den Alpen entwickelt sich immer dramatischer. Viele altbekannte Routen sind schon nicht mehr begehbar", ergänzte Willy. Wie recht sie hatten, sollte sich an diesem Abend noch erfahren. Nach seiner Tourenplanung wollte Willy mit seinen Bergfreunden am anderen Tag auf die 3197 Meter hohe Dreiländerspitze steigen, einer der vielen Dreitausender, die rundum zu sehen sind.

Oben: Lindauer Hütte   Unten: Blick von der Mittagsspitze auf Latschau

Bei ihrer Ankunft war es noch relativ früh am Tag. Siegfried und Günther hatten Lust auf einen Apfelstrudel, nachdem sie den Rucksack, Bergschuhe und Wanderstöcke versorgt hatten. Immer wieder ist es für die Füße eine wahre Erholung – um nicht Erlösung zu sagen – wenn man am Ende eines langen Weges die Schuhe ausziehen darf und sich in bequemen Schlappen bewegen kann. Frank war diesmal der Schnellste und schon auf dem Weg zur Theke, um sich ein Weizenbier zu holen. Nun saßen sie gemütlich vor der Hütte und genossen begeistert den Ausblick auf die grandiose Bergwelt. Das waren immer die Momente totaler Entspannung und des Glückes, nach einer beschwerlichen Tour, einerseits den Erfolg der Ankunft zu genießen und sich andererseits entspannen und erholen zu dürfen.

Immer wieder schweifte ihr Blick hin zum Piz Buin und zum quer verlaufenden Gletscher hinüber, über den allgemein die Aufstiegsroute verläuft. Nach kurzer Verzögerung kam Willy hinzu, gleichfalls ein Weizenbier in der Hand. „Ich habe mich beim Hüttenwirt erkundigt, wie es morgen mit dem Wetter aussieht. Wir haben Glück, es soll beständig bleiben und nicht einmal ein Gewitter ist für den Nachmittag angesagt; das wird ganz gut und ein toller Tag werden", informierte er sein Team.

Die Wiesbadener Hütte ist Anlaufpunkt vieler Tagesgäste, die in zwei bis drei Stunden vom Bielersee hierherlaufen und nach einem Einkehrschwung wieder zurückkehren – oder die über die Radscharte kommen und anschließend das Tal hinauswollen. Nach und nach verließen am Nachmittag diese Gäste das Haus und peu à peu trafen die Bergsteiger und Übernachtungsgäste ein, die vorhatten, am nächsten Tag zu einem der Gipfel in der Region aufbrechen zu wollen. Andere waren von Hütte zu Hütte unterwegs und planten zur Jamtalhütte oder der Saarbrücker Hütte weiterzugehen.

Zwischenzeitlich hatte sich Willy für alle die Schlafplätze geben lassen und jeder hatte schon seinen Rucksack dort verstaut. Das Haus besaß zu dieser Zeit bereits moderne Waschräume – sogar mit fließend warmem Wasser – und sowohl Siegfried, wie auch Günther und Frank ließen es sich nicht nehmen, zwischendurch gegen eine geringe Gebühr zu duschen. Sie wollten gerne den Schweiß der letzten Tage loswerden, nachdem sie das Gefühl verspürten, dass alles an ihnen klebte.

Frisch und „wie aus dem Ei gepellt" kehrten sie an den Tisch zurück. Immer noch war es draußen warm genug, um sich im Freien aufhalten zu können. Dann wurde es aber Zeit, zum Abendessen einen Platz im Gastraum aufzusuchen, denn nach dem Sonnenuntergang wurde es außer Haus gleich spürbar kühler.

Plötzlich kam Unruhe im Gastraum auf. „Was ist denn los?", wollte Günther neugierig von einem der Bergsteiger wissen, der konzentriert zum Piz Buin blickte. „Da verweilt eine Seilschaft mit fünf Mann seit einer halben Stunde am rechten Gletscherrand und kommt nicht von der Stelle. Bald wird es dunkel, da macht man doch keine Pause mehr und schaut stattdessen schnellstmöglich aus dem Gletscher zu kommen." Der Hüttenwirt hatte es inzwischen auch schon mitbekommen und beobachtete mit dem Fernglas besorgt die Truppe. Alle schauten sie interessiert in die Richtung, während es immer grauer wurde und die Dämmerung hereinbrach. „Es geht weiter", stellte schließlich einer fest. Langsam widmeten sich die Hüttengäste wieder anderen Themen und auch dem Essen und der Getränke zu.

Mit drei älteren Bergsteigern aus dem Pforzheimer Raum saßen sie an einem Tisch und es entwickelten sich mit ihnen angeregte Gespräche. Frank war inzwischen zum Rotwein übergegangen, während die anderen bei Apfelsaftschorle und Weizenbier blieben. Willy bestellte für sich einen halben Liter Skiwasser und später trank er nur noch Tee.

Nach dem Essen wollte Willy zwischendurch den Ablauf für den kommenden Tag besprechen und bat seine Kameraden an einen Nebentisch. Er hatte die Karte vor sich ausgebreitet und erklärte mit vielen Worten wie der vorgesehene Aufstieg verlaufen sollte. „Wir kommen zum Ochsenferner und über den Gletscher. Von dort müssen wir am Seil gehen und den Eispickel bereithalten. Jeder bringt am Seil zwei Brusischlingen an und ich bitte darum, beim Gehen das Seil relativ straff zu führen." Sie waren alle sicher, für diesen Dreitausender erfahren genug zu sein und hofften, nicht auf unvorhergesehene Schwierigkeiten zu stoßen. Um 6 Uhr wollte man losgehen, das hieß spätestens um 5.30 Uhr aufzustehen. Damit war für den nächsten Tag alles besprochen, sie konnten wieder zum geselligen Teil übergehen. Witze wurden erzählt, Geschichten glossiert und bei allem leicht angegeben oder gestrotzt.

Gegen 21 Uhr kam die beobachtete Truppe in der Hütte an; fix und fertig, sichtbar von den Strapazen des Tages gezeichnet. Mit viel Hallo wurden sie empfangen und wahrscheinlich wussten die anfangs gar nicht, wie ihnen geschieht. „Was war denn los, was ist mit euch?" wurden sie gleich mit Fragen bestürmt. „Wir haben nach dem Abstieg vom Gipfel zu tiefe Spalten im Gletscher vorgefunden, über die wir nicht kamen. Fast zwei Stunden bewegten wir uns im Kreis, bis wir endlich eine gangbare Passage fanden und weiterkonnten. Den restlichen Teil mussten wir uns am Ende im Licht der Stirnlampen aus dem Gletscher heraus kämpfen. Unsere Nerven waren angespannt wie ein Flitzebogen und die größte Sorge war, wir müssen noch auf dem Gletscher biwakieren." „Ja, ja, die Klimaerwärmung macht sich immer mehr bemerkbar. Das Eis schmilzt rapide weg und bald sind manche Touren auf den bekannten Routen nicht mehr begehbar", fügte einer seufzend an.

Schnell ging es dem Zeitpunkt allgemeiner Hüttenruhe um 22 Uhr entgegen. Die Gemüter hatten sich nach einigen Glas Bier wieder beruhigt. Beim Hüttenwirt wurde noch die Getränke geordert, die sie am nächsten Tag für die Tour mitnehmen wollten; Frank und Siegfried bestellten zusätzlich ein belegtes Doppelbrot für unterwegs. Dann wurde es Zeit, die eigene Matratze aufzusuchen und auf „Horchposten zu gehen", wie Siegfried scherzte.

Die Nacht wurde wie so oft gewohnt unruhig. Der Raum, in dem sie untergekommen waren, war voll belegt und durchdringend war schon das Schnarchen einiger Gäste hörbar. Es ist schon erstaunlich, wie manche ohne Hilfe von Ohropax überhaupt Schlaf finden können. Noch erstaunlicher ist, dass manche Zeitgenossen kaum, dass sie flach liegen, schon lautstark zu schnarchen beginnen. „Da werden wieder ganze Wälder umgesägt", gab Günter zwischendurch genervt von sich. Eine Begleiterin sagte einmal früher: „Ich freue mich über jeden, den ich schnarchen höre, ich weiß, der schläft wenigstens." Das sagt alles über den Schlafkomfort in Berghütten und allgemein in einem der Massenlager.

Trotz diesem Mangel war die Nacht für unsere Gipfelstürmer aus dem Badischen zu kurz und viel zu schnell vorüber. Erster, der durch das Piepsen seiner Armbanduhr wach wurde, war Günther und er weckte sofort die anderen. Mit unüberhörbaren Geräuschen und laut stöhnend erhob sich jeder müde vom Lager und machte sich schweigend auf den Weg hinunter in den

Waschraum und zur Toilette. Zu dieser Stunde war der Sanitärraum zum Glück noch nicht völlig überfüllt, wie es manchmal zur späteren Stunde der Fall ist. In diesen Fällen wartet man gut und gerne in Dreier-Reihen, bis ein Platz an einem der Waschbecken frei wird. Solche Kleinigkeiten machen eben das besondere Hüttenflair aus. Doch an diesem Morgen war es sogar noch leicht ohne Verzögerung eine freie Toilette zu finden.

Zurück im Schlaflager wurde schnell der Rucksack gepackt und sorgfältig geprüft, ja nichts vergessen zu haben. Die Utensilien für die kommende Tour wurden sortiert und nachgeprüft, ob alles in Ordnung ist. Dann begab sich einer nach dem anderen in den Gastraum, wo das Frühstück längst gerichtet bereitstand. Den Rucksack zusammen mit den Stöcken und dem Pickel hatten sie mitnahmebereit vor der Türe an einer der hölzernen Sitzbänke längs der Wand abgestellt.

Zügig brachte das Hüttenpersonal Kaffee oder Tee an den Tisch, dazu jedem Gast zwei Scheiben Brot, Käse, Wurst und Marmelade. Günther liebte hingegen Milch zu trinken und ließ sich dazu Müsli bringen. Mit jedem hielt der Chef des Hauses noch ein Schwätzchen und versuchte so die Müdigkeit bei seinen Gästen zu vertreiben. „Wie man zu so früher Stunden schon zu Scherzen aufgelegt sein", wunderte sich Frank laut. „Ich brauch da immer erst einen Anlauf."

Das Frühstück dauert keine halbe Stunde und dann drängte Willy zum Aufbruch. Zwischendurch ließ der Hüttenwirt das vorbestellte Vesper und Wasser oder Tee in der Trinkflasche an den Tisch bringen, hat zum Schluss die Kosten für Übernachtung und Verpflegung kassiert. Zuletzt verabschiedeten sie sich vom Personal.

Noch einmal folgte ein Gang in den Waschraum zum Zähneputzen und andere Geschäfte zu verrichten, dann wurden die

Bergschuhe angezogen und die restlichen Sachen im Rucksack verstaut. Nachdem dies auch alles erledigt war, liefen sie etwas steif und unruhig vor dem Haus auf und ab. Selbst den anderen, die schon zum Start bereitstanden, ging es nicht viel besser. Jedem war die Unruhe und Ungeduld anzumerken, endlich loszukommen. Schließlich waren sie komplett und bereit zu starten, dann gab Willy das Kommando zum Abmarsch.

Wie fast immer wurde mit viel zu hohem Tempo losmarschiert. Dabei musste sich der Kreislauf erst an die Veränderung gewöhnen. Und kaum 200 Meter vom Haus entfernt fluchte Günther: „Ich habe meine Wanderstöcke stehen lassen." Schnell eilte er zurück, während die anderen langsamer weitergingen. Nach wenigen Minuten hatte er seine Kameraden wieder eingeholt, war völlig außer Atem und trotzdem haben sie das Tempo forciert. Bei Günther dauerte es eine gefühlte Ewigkeit, bis sich der Puls einigermaßen normalisiert hatte. Auch unterhalb der 3000er-Marke ist jede unnötige Anstrengung Schwerstarbeit für den Körper, selbst bei einer gut durchtrainierten Person, wie es bei Günther war. Das muss somit wohlüberlegt sein. Besser, immer alles in Ruhe und Bedacht angehen, das schont die Kräfte.

Mit strammem Schritt stiegen sie anfangs noch nebeneinander aufwärts, dann hintereinander im Gänsemarsch. Der Pfad verlief erst rechts unterhalb des Vermuntkopfes, dann des Ochsenkopfes, immer in Richtung der Oberen Ochsenscharte. Zwischendurch hielten sie nur mal für eine kurze Trinkpause. Kaum eine Stunde unterwegs, waren sie an der Schneegrenze angekommen und standen am Rand des Gletschers.

Willy gab das Kommando zum Stopp: „Wir legen jetzt die Gurte an und gehen ab hier am Seil gesichert weiter. Oberhalb gibt es tückische Spalten und da wollen wir kein Risiko eingehen." Jeder warf den Rucksack ab, holte Brust- und Sitzgurt hervor und zog ihn an. Kameradschaftlich halfen sie sich gegenseitig und kontrollierten den richtigen Sitz. Anschließend wurden die Steigeisen an den Schuhen befestigt und das Seil auf zwanzig Meter ausgelegt. Im Abstand von jeweils rund vier Metern nahmen sie ihre Position ein. Dann kam der Helm auf den Kopf und jeweils zwei Brusischlingen wurden am Seil befestigt und auf etwa zwei Meter Länge gerichtet. Den Rest der schnurdicken Schlinge stopfte jeder einfach in eine Hosentasche. Die Führungsposition übernahm natürlich Willy, dann folgte Siegfried, hinter ihm Frank und den Schluss machte Günther, der auch relativ konditionsstark war. „Ein guter Schluss ziert alles", kommentierte er mit ernster Miene seine Position.

Nebenbei wurde schnell noch ein Müsliriegel verzehrt oder ein Rippchen Schokolade gegessen, dazu ein kräftiger Schluck aus der Flasche genommen. Die Sonne schien trotz der frühen Stunde schon wärmend vom wolkenlosen, azurblauen Himmel. Das verhieß ein schöner, sonniger Tag zu werden, also genau richtig, um die grandiose Bergwelt der Dreitausender auf sich einwirken zulassen. „Vergesst nicht euch gut einzucremen", warnte Willy. „In dieser Höhe ist die UV-Belastung brutal." Schon war jeder am Schmieren und natürlich halfen sie sich wieder gegenseitig an Stellen, wo man nicht so gut beikommt, aber auch geschützt werden müssen: „Die Creme an und in den Ohren, nicht zu vergessen und auch im Genick tief genug einreiben, für den Fall, dass der Rucksack eventuell das Hemd etwas tiefer zieht." Da war die Erfahrung herauszuhören.

Mit wenigen Drehbewegungen wurden die Wanderstöcke eingeschoben und am Rucksack befestigt, dafür der Eispickel bereitgelegt. Nachdem der letzte seine zwei Brusischlingen am Seil befestigt hatte und die Enden in der Hosentasche verstaut waren, der Rucksack den Rücken erneut drückte, gab Willy einige wichtige Instruktionen. „Bitte das Seil talseitig und den Eispickel immer auf der Bergseite führen. Achtet außerdem sorgfältig darauf, dass sich keiner mit den Zacken der Steigeisen ins Bein hackt oder in den Gamaschen verheddert, sonst haut es euch auf die Schnauze." Jeder nickte verständnisvoll und nun war es Zeit loszugehen. Im Gänsemarsch zogen sie festen Schrittes den Hang aufwärts.

Jeder versuchte das Seil möglichst stramm zu halten, und schon nach wenigen Minuten mussten sie auch schon die erste Gletscherspalte überwinden. Für die erfahrenen Bergsteiger war es kein Problem und nicht einer fühlte sich unsicher. Die Spuren anderer, schon früher aufgebrochene Bergsteiger, die längst voraus waren – oder waren die Spuren noch von gestern und vorgestern? – zogen sich sichtbar in Zickzacklinien den Berghang im festgefrorenen Schnee hinauf. Der Aufstieg bereitete demzufolge kein bisschen Orientierungsschwierigkeiten, dafür mehr die Atemnot. In gewissen Abstände brauchte es regelmäßig eine kurze Pause, um mit offenem Mund die kalte Morgenluft tief einzusaugen.

In kurzer Zeit war mehr als die Hälfte vom Aufstieg überwunden, da tauchten erste Felsgruppen auf, teils mit Schnee und teilweise einer dünnen Eisschicht überzogen. Ohne größere Mühe wurden die leichten Kletterstellen gemeistert. Kam ein geeigneter Platz, musste kurz ein Stopp für eine Trinkpause sein. Das bedurfte, dass auf Kommando jeder wo er gerade war, stehen blieb und nach der Trinkflasche griff. Bei so einer der Pausen haben sich Siegfried und Günther zudem schnell ein halbes Brot zugeführt. Willy brauchte nichts und Frank verzehrte stattdessen lieber einen gesunden Müsliriegel. „So etwas kann ich unterwegs einfach nicht essen", sagte Günther. „Die Körner bleiben mir in den Zahnzwischenräumen hängen und das stört mich ständig, außerdem würgt man sich mit dem trockenen Zeugs ja den Hals zu."

So eine kleine Verschnaufpause tat jedem gut, denn inzwischen machte sich die Höhe spürbar bemerkbar. Die 3000er-Marke war erreicht und der Puls raste. Wie Erstickende saugten sie die kühle, klare Bergluft ein. Wider Erwarten tat sich vor allem Siegfried an diesem Tag etwas schwerer. „Du musst endlich mit dem verdammten Rauchen aufhören, dann hast du auch mehr Luft", spottete Günther. „Der braucht eben ein wenig mehr wie frische Luft", stichelte Frank lächelnd. „Ja, ja, lästert nur", versuchte Siegfried das für ihn unangenehme Thema abzuwürgen und atmete mit offenem Mund, tief und kräftig durch.

Während der kurzzeitigen Diskussion schweiften die Blicke hinüber zur beeindruckenden Skyline der Berge, zur Schesaplana im Rätikon, zum Piz Buin und anderen Piz, deren Namen sie nicht kannten. Zur Rechten sahen sie genauso imponierende 3000er Gipfel mit weißer Haube. Es blieb gar nicht die Zeit herauszufinden, um welche es sich dabei im Einzelnen handelt, auch nicht lange in der Karte nachzusehen. Das hielten sie dann doch für überflüssig. „Man muss ja nicht jede Bergspitze kennen!"

Inzwischen war kurz vor 12 Uhr, sie hatten die letzten Meter Kletterei hinter sich gebracht und es bis auf den höchsten Punkt geschafft. Froh und stolz, standen sie auf einem der zwei Gipfel, der 3197 Meter hohen Dreiländerspitze. Dieser Berg markiert die Grenze zu Italien, Österreich und der Schweiz; daher kommt wohl auch die treffende Namensbezeichnung.

Einerseits zufrieden über das Erreichte und andererseits froh oben zu sein, gratulierten sich alle gegenseitig mit „Berg Heil". Dann wurde der Rucksack abgelegt und jeder suchte ein geeignetes Plätzchen um einigermaßen bequem und warm sitzen zu können. Überall gab es Schnee und Eis und nur wenige Felsen ragten frei heraus und waren trocken genug, um nicht einen nassen Hintern zu bekommen. Trotzdem fanden sie Plätze, und Frank hatte sich einfach auf seinen Rucksack gesetzt, Willy legte stattdessen – zur Erhöhung des Sitzkomforts und welch ein Luxus – ein faltbares Isolierkissen unter.

Zunächst musste noch das obligatorische Gipfelfoto sein und sie stellten sich in Positur. Das diente sowohl zur persönlichen Erinnerung, als auch zur Dokumentation für die Sektion. Den Eintrag ins ausliegende Gipfelbuch übernahm Siegfried. „Der hat die schönere Handschrift", hatten die anderen beschlossen. „Hier fühlen wir uns geerdet und dem Himmel so nah", schrieb er ins Buch. Amüsiert las er laut einen vorgefundenen Eintrag vor: „Drei Männer am Gipfel, drei Frauen im Tal. Hier oben die Freiheit, da unten die Qual." „Hoppla, da müssen irgendwelche Ehekrüppel ein sehr hartes Ehelos führen", kommentierte Siegfried das mit breitem Grinsen.

Im Gipfelbereich war es erstaunlich windstill und richtig angenehm. Weil es Mittag war, passte es gut für eine Essenspause. „Wir liegen gut im Zeitplan und haben keine Eile", bestimmte Willy zufrieden mit sich und seiner Truppe, also bleiben wir eine halbe Stunde, essen und erholen uns ein wenig.

Alles geht einmal zu Ende, das gilt selbst für das größte Gipfelglück, und nach jedem Gipfelerfolg muss erst der Abstieg noch glücklich und erfolgreich gemeistert werden. Nachdem Willy das Kommando zum Aufbruch gegeben hatte, entstand eine kurze Hektik; die Brotschalen und Wasserflaschen wurden im Rucksack verstaut und der dann geschultert. Der Eispickel durfte nicht vergessen werden. Noch einen sorgfältigen Rundumblick wirklich nichts vergessen zu haben, dann setzte sich die Seilschaft abwärtsgehend in Bewegung. Sie achteten darauf, dass das Seil auf kurze Distanz einigermaßen straff blieb.

Einer hinter dem anderen stapfte mit vorsichtigem aber festem Tritt abwärts, immer die Hacken der Schuhe in die Schneespur tretend, bis das felsenfreie Gelände im schneebedeckten Hang kam. Das Gelände ließ es ab hier zu, nun wieder den üblichen Abstand einzunehmen. Dabei galt es weiterhin die Schuhe mit den Steigeisen gut einzusetzen, damit keiner ins Rutschen geriet. Ab und zu klopfte einer mit dem Eispickel die aufgebauten Eisklumpen vom Eisen, und nach etwas über einer Stunde standen sie unten in der Scharte. „Das erste Drittel zur Jamtalhütte haben wir geschafft", sagte Willy beim Stopp.

Bevor sie weiter gingen, wurde eine erneute Trinkpause eingelegt. Willy nahm dann die Karte zur Hand und den Kompass. Die anderen standen um ihn und die Karte und machten Vorschläge, in welcher Richtung es weitergehen sollte oder wo ihrer Meinung nach die sicherste Route verläuft. Spuren im Schnee waren leider nicht zu erkennen. Der Karte nach sollten sie sich aber unterhalb des Ochsenkopfes halten und dort in weitem Bogen den Jamtalferner umgehen.

Das Vorhaben zeigte sich schwieriger als gedacht. Der Ferner war ungewöhnlich stark zerrissen. Eine Spalte folgte der nächsten und ein paar waren so breit und so abgrundtief, dass ein Sprung darüber ausgeschlossen oder zu riskant war. Ihnen blieb auf der mühsamen Strecke nichts anderes übrig, wie einen Umweg in Kauf zu nehmen und einen günstigeren Verlauf zu suchen. Genervt wählten sie eine andere Richtung nach unten und suchten im relativ flacheren Teil den weiteren Weg.

Ihr Vorwärtskommen gestaltete sich als überaus schwierig, kraftraubend, und dabei verrann die Zeit. Zwischenzeitlich ließen die Kräfte auch spürbar nach und die Müdigkeit lähmte. Rund drei Stunden waren sie auf dem Gletscher unterwegs, dann doch glücklich heraus und nunmehr konnten sie im schneefreien Gelände leicht entspannt dem steinigen Pfad folgen. Erleichtert stellten sie nach wenigen Metern fest, dass es sogar wieder sichtbare Markierungen gab. Nochmals folge ein kurzer Übergang über ein Schneefeld, was jedoch an dieser Stelle keine Mühe mehr bereitete, und kurz darauf mündete der Weg erneut auf den festen Pfad, diesmal auf der anderen Talseite. Sie mussten sich nur noch abwärts halten, um auf die moderne Jamtalhütte zu treffen – auf 2165 Meter am Schluss des Jamtals – und das Tagesziel war erreicht.

Frank und Siegfried atmeten erleichtert tief durch und im Grunde alle waren heilfroh endlich da zu sein. Selbst Günther meinte: „Für heute reicht es mir, das war mehr als ein anstrengender Tag. Die wärmende Sonne beim Abstieg, die endlose Sucherei auf dem Gletscher, das hat seinen Tribut gefordert, meine ganze Kraft und Energie. Heute Nachmittag fühlte ich mich wie in einem Parabolspiegel." Nur Willy schien keine Anzeichen irgendeiner Müdigkeit zu verspüren – oder er wollte es sich nicht anmerken lassen.

Schwerfällig zogen sie die Bergschuhe aus und schlüpften in leichte Schlappen. Die Schuhe mit den nassen Socken verstauten sie im Schuhregal und hingen die Stöcke an einen freien Platz im Vorraum des Eingangsbereiches. Dann ging Günther sich beim Hüttenwirt anmelden. Zu seiner Überraschung wusste der aber nichts von einer Reservierung für vier Personen. Das hatte Willy natürlich wieder in seiner gewohnt vorsintflutlichen Art und Weise getan und die Anmeldung per Postkarte abgeschickt. „Die liegt sicher beim Postamt im Tal, während der Hüttenwirt längst hier oben auf dem Berg ist", wurde gespottet.

„Egal", sagte der freundliche, souveräne Hüttenwirt, „heute ist im großen Haus genug Platz frei. Mit Sicherheit werden bis zum späten Abend nicht mehr so viele kommen und wir haben sieben Matratzenlager. Ich teile euch vier Plätze in einem der Lager zu." Gesagt getan, sie bekamen einen Schlafplatz zugewiesen, gingen danach mit schweren Beinen die vielen Treppen hoch in die oberen Stockwerke, wo sich das Matratzenlager befand und warfen schwungvoll die Rucksäcke auf die gewählte Pritsche.

Schnell kruschtelten drei von ihnen nach dem Waschzeug im Rucksack und legten den Hüttenschlafsack parat; Siegfried, Frank und Günther gingen dann gemeinsam in den Waschraum, um sich dort zu erfrischen. Hinter zog es sie in den Gastraum; es war allerhöchste Zeit für Getränke – nicht wegen der Tageszeit – wegen des quälenden Durstes, den sie verspürten. „Mir klebt schon die Zunge am Gaumen", klagte Frank und Siegfried ergänzte: „Ich bekomme bestimmt Halsschmerzen nur vom trockenen Schlucken." Willy jedoch, den sahen sie schon an einem der Tische sitzen, ein großes Glas Apfelsaftschorle vor sich.

Nacheinander nahmen sie vom Wirt auch ein volles Glas in Empfang und tranken es auf ex. Damit war der schlimmste Durst erst einmal gelöscht. Sie konnten auf ihr Zimmer zurück, legten sich auf ihr Lager und gedachten eine Stunde zu ruhen, bevor es Zeit für das Abendessen im Gastraum wurde.

Der angebrochene Abend wurde schließlich noch ganz gemütlich. Der Gipfelerfolg musste natürlich gebührend gewürdigt und entsprechend gefeiert sein. Die Stube hatte sich derweil immer mehr gefüllt und willige, redselige Gesprächspartner gab es genug. Einer versuchte den anderen mit seinen persönlichen Bergerfahrungen, haarigen Klettereien und spaßigen Anekdoten, gewürzt mit viel Witz, zu übertreffen. Die Stunden gingen dahin, bis es Zeit wurde, kurz vor Beginn der Hüttenruhe um 22 Uhr den Platz im Lager aufzusuchen. Siegfried bestand aber, bevor sie den Platz und Raum verließen und in den Schlafraum wechselten, noch auf einen Absacker und bestellte an der Theke eine Runde Obstler. Da ließ sich selbst Willy nicht zweimal bitten und prostete mit dem Glas in der Hand den anderen zu: „Auf den Erfolg, und dass wir alle gut und ohne Schrammen hier angekommen sind." „Ja, dass wir das in unserem Alter noch erleben dürfen", setzte Frank humorig nach.

Endlich lagen sie auf den Matratzen und das Licht war erloschen. Wieder begann das übliche Ritual endloser Schnarcherei und zwischendurch stand in der Nacht irgendwo einer auf, verließ kurz den Raum und suchte die Toilette auf. Das gab zweimal Unruhe, einmal beim Aufstehen und Betätigung der knarrenden Türe, dann das nächste Mal nach Minuten bei der polternden Rückkehr. Erneut knarrte die Tür, dem folgte ein hörbares auf der Matratze wälzen, bis die richtige Schlafposition gefunden war. Von Ruhe konnte wirklich keine Rede sein. „Was soll es", dachte sich Günther, „ich liege und der Körper kann ruhen, selbst wenn ich die halbe Nacht über wach liege."

Gegen 6 Uhr rappelte er sich auf und zugleich erhoben Siegfried wie auch Frank die Köpfe. „He, Leute, es ist Zeit aufzustehen", sagte Frank, und Willy saß inzwischen ebenfalls senkrecht auf seiner Matratze und reckte sich gähnend. Gleich packte er seine Sachen zusammen, währenddessen die anderen sich im Waschraum anstellten und warteten, einen freien

Platz an einem der Waschbecken zu finden. Willy hatte für so einen unnützen Aufwand kein Bedürfnis. Häufig rechtfertigte er sich damit: „Keine Stunde unterwegs und ich bin total verschwitzt." Daraus folgerte sein Motto: „In den Bergen wäscht man sich nicht." „Aber nach drei Tagen stinkst du wie ein Wiedehopf und wir müssen das aushalten", wandte Siegfried ein, ohne beim Genannten auf Verständnis zu stoßen.

Auf einer anderen Hütte hatte Frank vor Jahren den sinnigen Spruch gelesen und zitierte ihn nun: „Wer ungewaschen auf Stroh gelegen, mit fremden Menschen Bein an Bein, der muss sehr hochgestiegen oder sehr tief gefallen sein."

Die anderen lachten laut: „Wie wahr – wie wahr, das war noch die gute alte Zeit."

Während dem Frühstück sah man an diesem jungen Morgen alle putzmunter und unternehmungslustig, und es dauerte auch nur eine halbe Stunde, dann hatten sie ihre Sachen fertig gepackt, alles erledigt und waren startklar. Kurz verabschiedeten sie sich beim Hüttenwirt, verließen das Haus und waren abmarschbereit. „Wir müssen erst abwärts bis zum Gebirgsbach hinunter und dann auf der anderen Talseite steil hoch in die Getschnerscharte", informierte Willy seine Mannen. „Das bedeutet von rund 2000 Höhenmeter auf über 2800 Meter hoch, doch ich denke, die 800 Höhenmeter schaffen wir locker." Da sollte er sich aber noch wundern. Für diesen Weg war ein intensiver Stockeinsatz gefragt, während der Eispickel und auch die Steigeisen am Rucksack festgezurrt waren. Zügig waren sie losgezogen und bergab rollte es so gut wie von alleine. Keine zwanzig Minuten und sie hatten die Talsohle erreicht und über eine Brücke den kristallklaren rauschenden Gebirgsbach überschritten, den der Gletscher weiter oberhalb speiste.

Das schmale Band des Pfades auf der anderen Talseite zeigte sich im Licht der aufgehenden Sonne und ging in Serpentinen steil bergauf. Die Sonne brannte nun schon am frühen Morgen voll in den Hang hinein. Der Schweiß tropfte schnell von der Stirne und das Hemd klebte schon klatschnass am Körper. Die Nähe zum Wasser machte sich durch eine hohe Luftfeuchtigkeit und Schwüle zusätzlich unangenehm bemerkbar. Abwechselnd hielt einer kurz an und blieb eine Minute stehen. Der Atem ging schwer und der Puls pochte; die Kehle war wie ausgetrocknet. Bei der Anstrengung ließ sich gar nicht umgehen, dass jede Viertelstunde ein Anderer eine Pause brauchte und trinken wollte – oder musste. Willy murrte wegen der ständigen Verzögerung, das hinderte die anderen aber nicht nach der Wasserflasche zu greifen. Frank lobte sich: „Wie gut, dass ich heute zwei Liter mitgenommen habe."

Für den mühsamen Aufstieg brauchten sie mehr als drei Stunden, bis der Übergang in die Getschnerscharte auf 2839 Meter erreicht war. Zumindest drei von den vier Gefährten legten die letzten Höhenmeter quasi auf dem Zahnfleisch zurück. Natürlich hätte Willy auf keinen Fall zugeben wollen, selbst auch froh zu sein, dieses Steilstück in der prallen Sonne endlich hinter sich zu haben; insgeheim war er es bestimmt. „Unglaublich, heute war die Sonne tatsächlich mein Feind", gestand Günther.

Wasser floss nun auf der anderen Bergseite reichlich und zuerst füllten sie die Flaschen und kühlten ausgiebig den Kopf und das Gesicht. Sie schöpften mit beiden Händen und schütteten es über sich, ohne Rücksicht, dass die Kleidung nass wurde. Das kalte, klare Wasser wirkte erfrischend und belebend; war eine echte Wohltat. Auf diese Weise kamen die Lebensgeister schnell zurück und gaben ihnen neuen Schwung für den restlichen Abschnitt. Schon nach ein paar Minuten war Siegfried sogar wieder zum Scherzen zumute, das Lachen und Reden wirkte fast euphorisch.

Die Querung der Hochfläche wurde spürbar einfacher, es war jetzt leichter zu gehen. Der Weg führte tendenziell immer nur noch abwärts und das weite offene Tal hinaus. Je weiter sie kamen, desto mehr grünte es rechts und links. Bald schritten sie auf ausgetretenen Wegen, an denen bunte Blumenteppiche das Gelände säumten und die Landschaft für das Auge abwechslungsreicher wurde. Ein tief eingegrabener Bachlauf, durch den sich das Wasser wild aufschäumend zwängte, wechselte sich mit mannshohen Felsbrocken ab. In Millionen Jahren hatte das Wasser hier eine Schlucht gegraben, mit tiefen Gumben und Gischt schäumenden Wasserfällen. „So eine Berglandschaft verwöhnt die Sinne und macht Kopf und Seele frei. Das ist Natur pur, hautnah", sinnierte Frank.

„Wir brauchen jetzt eine Esspause", sagte Siegfried und die anderen stimmten zu, also suchten sie schnell nach einen geeigneten Platz. Den fanden sie mit flachen Steinen für ein bequemes Sitzen vor, umgeben von Blumeninseln, die sich wie weiche Kissen anfühlten, nebst niedrige Sträucher mit struppigen Alpenrosenbüschen. Sie waren von einem wahren Idyll umgeben, wenn sie im Vergleich an den kalten, hartgefrorenen Schnee dachten, auf dem sie sich tags zuvor abwärts kämpfen mussten. „Das Gestern, das war eintönig für das Auge, eben eine andere Welt. Ich bin mehr für grün", bemerkte Frank, doch Siegfried widersprach: „Das hat alles auch seinen eigenen Reiz. Der Schnee breitet gnädig sein weißes Tuch über Schönes und Unschönes. Da verschwindet die trostloseste Steinwüste. So unterschiedlich ist das subjektive Befinden und das ist gut so."

Ursprünglich hatte Willy geplant, auf dem Rückweg noch zum Hohen Rad am Weg aufzusteigen, ein Berg der 2934 Meter hoch ist und direkt an der linken Seite ihrer Route liegt. Dazu waren seine Begleiter aber nicht mehr bereit. Sie wollten einfach auf direktem Weg und so schnell wie möglich zur Bielerhöhe, und wohl oder übel beugte sich Willy dem Mehrheitswillen; alleine wollte er da auch nicht hoch. Warum auch, das hätte gut eine Stunde Zeit bedurft und den unspektakulären Berg hatte er schon zweimal bestiegen, folglich war der Anreiz für ihn nicht übermächtig groß.

Den letzten Teil des Weges empfanden sie geradezu als einen gemütlichen Spaziergang, dabei war er immer noch sehr abwechslungsreich. Schon von weitem sahen sie den Stausee mit dem Restaurant. Am Seeende angekommen, liefen sie die letzten hunderte Meter an der hinteren Mauer entlang und gelangten so zum Ausgangspunkt, wo sie vor zwei Tagen aufgebrochen waren. Die Strapaze des morgendlichen Aufstiegs war längst vergessen, und je näher sie dem Ziel kamen, umso lockerer und leichter wurde der Schritt. Schon bereute es Günther, nicht doch das „Hohe Rad" noch mitgenommen zu haben.

Jetzt war es aber zu spät; sie trabten dem Auto zu. Dort wurden eilig die Bergschuhe gegen die Straßenschuhe getauscht und die Rucksäcke im Kofferraum verstaut. Schon fühlten alle sich befreit und leichter. Der nächste Schritt war, sich frisch zu machen. Sie wussten, im Restaurantgebäude am See gibt es auch Waschbecken in den Toilettenräumen. Dorthin gingen sie nun, wuschen sich die Hände und den Schweiß vom Gesicht und trockneten sich mit Papiertüchern aus dem Spender ab. Das kostete nichts und sie fühlten sich hinterher wohler.

Schon hielt Siegfried auf der Terrasse am See nach einem geeigneten freien Platz im Schatten Ausschau, an dem sie sich niederlassen konnten. Die anderen kamen nach und nach dazu und zuletzt setzte sich auch Willy mit an den Tisch. Bevor sie heimfuhren, wollte man noch Kaffee trinken und ein Stück Kuchen essen, Günter wählte stattdessen eine Portion Germknödel. Fast euphorisch wurden, während sie so saßen, Details und Erlebnisse der letzten Tage ihrer Tour aufgefrischt. Die Freude über die erlebnisreichen Tage und die gelungenen Gipfelbesteigungen, sogar auf einen Dreitausender, war verständlicherweise deutlich herauszuhören. Allen war der Stolz auf ihre Leistungen anzumerken, ihre Unternehmung im Einklang der Natur in einer weitgehend unberührten Berglandschaft.

Die Rückfahrt auf dem gleichen Weg wie sie hergekommen waren, gestaltete sich ohne Schwierigkeiten. Mitten am Nachmittag erreichten sie nach der Fahrt durchs Montafon deutsches Gebiet und die Autobahn in Richtung Ulm. Nach einer kurzen Pause auf einem Parkplatz an der A 7, erreichten sie die Autobahnraststätte Aichen, wo sie letztmals einen Stopp einlegten. Bei dieser Gelegenheit wurden die Fahrtkosten und allgemeinen Ausgaben für das Pickerl und die Maut errechnet und auf die Teilnehmer umgelegt. Gleichzeitig bezahlte jeder an Willy 30 Mark für seine Auslagen und die Touren-Vorbereitung. So sahen es die Vorgaben der Alpenvereins-Sektion vor. Nach insgesamt etwa 7 Stunden Fahrt steuerte Frank Baden-Baden an und eine weitere Episode in den Bergen war Geschichte.

Bevor sie endgültig auseinander gingen, machte sich Günther zum Sprecher seiner Kameraden und dankte Willy wortreich für die perfekte Organisation und seine Führung. Gerne nahm dieser das Lob entgegen: „Wir hatten Glück mit dem Wetter, alles lief ohne Komplikationen. So soll es sein." „Also, bis zum nächsten Mal", verabschiedeten sie sich mit einem festen Händedruck und gingen ihres Weges.

Silvretta-Stausee, Blick zum Piz Buin

Blick zur Bielerhöhe

3

Eklat am Großglockner

Eines Abends im Juli läutete bei Willy das Telefon. „Hier ist Bernhard", vernahm er nach Abnahme des Hörers. „Willy, ich habe Urlaub und wollte übernächstes Wochenende von Donnerstag bis Sonntag mit Günther zum Großglockner. Hast du Zeit? Würdest du mitgehen und die Führung übernehmen?" „Im Prinzip ja, lass mich aber vorsichtshalber in den Terminkalender schauen." Eine Minute herrschte Stille, dann meldete sich Willy wieder. „Ich kann den Donnerstag und Freitag frei machen und es steht nichts anderes an. Okay, ich bin dabei." „Freut mich Willy und ich fahre", sagte Bernhard. „Morgen rufe ich Dieter an, vielleicht will er auch noch mit." „Gut, vier Personen wäre gerade die richtige Mannschaft für das Vorhaben", antwortete Willy. „Prima Willy, dann melde uns noch in der Stüdlhütte für die Übernachtung an", ergänzte Bernhard und verabschiedete sich am Telefon.

Flugs vergingen die nächsten Tage und der Morgen des vereinbarten Donnerstags war gekommen. Zwischenzeitlich hatte sich auch Dieter gemeldet und signalisiert, dass er gerne mit von der Partie ist. Gleichzeitig wurde der Parkplatz Rauental an der Autobahnausfahrt Rastatt für den Treff und als Abfahrtspunkt vereinbart. Um 4 Uhr morgens wollte man sich dort treffen und dann losfahren.

Als Willy eintraf, standen Günther, Bernhard und Dieter schon parat. Schnell waren die Rucksäcke in den Kofferraum geladen, die Wanderstöcke, die Pickel und von jedem eine separate Tasche mit den Bergschuhen fanden auch noch Platz. Bernhard fuhr einen 5er BMW, da bot der Kofferraum ausreichenden Stauraum für alles.

Dieter machte ein paar lockere Bemerkungen, und auch die anderen ließen erkennen, dass sie bei guter Stimmung und bester Laune waren, selbst zu so früher Stunde. Jeder machte es sich im Auto bequem und Bernhard setzte sich hinter das Steuer und brauste zügig los. In wenigen Minuten bog er in Karlsruhe schon auf die Abzweigung zur A 8 ein und ohne Probleme kamen sie selbst über das Nadelöhr Stuttgart und Echterdingen. Im Albaufstieg verdichtete sich dann doch noch etwas der Verkehr, es blieb aber immer noch einigermaßen flüssig. „So lange es so läuft, dürfen wir nicht meckern", kommentierte es Günther. Bei kurzweiligen Gesprächen näherten sie sich München, wechselten auf die Nordumfahrung und fuhren im Osten an der Stadt vorbei wieder auf die A 8. Dann war auch diese Hürde glücklich genommen.

Bei der Raststätte Irschenberg hielten sie zur ersten Pause. Bernhard gelüstete es nach einem Kaffee und dazu wollte er eine Butterbrezel essen. Gestärkt und erleichtert fuhren sie nach wenigen Minuten weiter. Südöstlich von München kam die Ausfahrt Rosenheim. Hier wechselten sie die Autobahn in Richtung Kufstein, und an der Grenze besorgte Bernhard schnell noch das Pickerl.

Nächste Etappe war Zell am See und dort hielten sie sich an die Abzweigung nach Bruck. Die Anfahrt zum Zielort war lang, aber eben ein unvermeidliches Übel. Während der Fahrt diskutierten sie über alles Mögliche wild durcheinander, über ihre Arbeit, Politik, familiäre Ereignisse und was es sonst so gibt, selbst über frühere Touren. Kaum ein Thema, das nicht gestreift wurde. Dabei wurde die Fahrt zumindest nicht langweilig, während sie für die vorbeirausche Landschaft kaum einen Blick hatten. Das kannte jeder längst von früheren Reisen.

Das änderte sich hinter Bruck, denn von da an begann der landschaftlich interessantere Teil der Anreise, die berühmte Großglockner-Hochalpenstraße. Sie zählt angeblich „zu Europas schönsten Hochalpenstraßen". Die Benützung ist nicht kostenlos, es wird eine Maut erhoben. Die tolle alpine Landschaft auf der kurvenreichen, 48 Kilometer langen Stecke mit 36 Kehren ist das allemal wert, wenn man ehrlich sein will und es der Magen gut verträgt. Die noch morgendliche Sonne tauchte die Berghänge in ein mildes Licht. Lästig war nur, dass bei dem schönen Wetter zu viele Motorradfahrer unterwegs waren, die auch den Tag für einen Trip über die kurvenreiche Strecke nützen wollten, während sie für die Autofahrer eine echte Plage sind. Bernhard empfand das wie eine Seuche und er schimpfte wie ein Rohrspatz auf alle Motorradfahrer, die ihn überholten. „Das gehört doch verboten, die sind anscheinend lebensmüde." Für ihn galt konzentriert zu bleiben, während seine Mitfahrer sich in Ruhe links und rechts an der Erlebniswelt „Großglockner" erfreuen durften. Eine Abzweigung kam und nach rund einer Stunde fuhren sie direkt in das Parkhaus der Kaiser-Franz-Josephs-Höhe auf 2369 Meter ein. Hier durfte das Auto für die nächsten Tage sicher abgestellt werden.

Mit leicht steifen Beinen, der langen Anfahrt geschuldet, verließ jeder das Auto. Dieter eilte gleich für einen Rundumblick ans Geländer des Vorplatzbereiches, oberhalb des Gletschers. Von dieser Position bietet sich eine fantastische Sicht hinunter zur Pasterze und nach rechts hoch zum mächtigen Großglockner – dem höchsten Berg Österreichs – mit seiner unverwechselbaren Silhouette, der sich an diesem Tag völlig frei von Wolken präsentierte. „Einfach atemberaubend dieses Bergpanorama", stellte Günther glücklich fest, der inzwischen auch dazu gekommen war. Währenddessen hatte Willy schon seinen Rucksack aus dem Auto genommen und war dabei, die Bergschuhe anzuziehen.

„Los, sag den anderen, sie sollen sich beeilen und abmarschbereit machen", rief er Bernhard zu. Dieter und Günther kamen aber schon zurück und hatten es gehört, wie Willy zur Eile drängte. „Hetze doch nicht so, wir sind nicht auf der Flucht", erwiderte Dieter. „Der Tag ist noch lang und wir wollen bei diesem schönen Wetter lieber die grandiosen Aussichten genießen, deshalb sind wir schließlich hier", fügte Günther an. „Bis am Abend sind wir längst in der Stüdlhütte", ergänzte er, „da werden wir noch lange genug herumsitzen dürfen."

Es dauerte also weitere zehn Minuten bis zögerlich jeder von ihnen die Bergschuhe angezogen hatten, die Wanderstöcke richtig eingestellt waren, sowie die Steigeisen und der Helm am Rucksack sicher befestigt. Trinken wollten sie auch noch schnell etwas und Dieter ließ sich zudem einen Müsliriegel schmecken. Unruhig war Willy derweil auf und abgelaufen – warum sollte er zur Brüstung vor? Er war schon öfter hier und kannte das Panoramabild zur Genüge, sogar bei jedem möglichen Wetter in allen Varianten, von Sonne, Regen, Nebel so dicht, dass man die Hand vor den Augen nicht mehr sah, Graupel und dichtem Schneetreiben; eben alles.

Die anderen signalisierten ihm, nun fertig und abmarschbereit zu sein, und so gab Willy das Kommando zum Aufbruch. „Also auf geht's, packen wir's an, ich wünsche uns Glück und eine gute Kameradschaft!" Locker liefen sie hintereinander die Straße längs abwärts bis zum Weg, der zum Staudamm hinunter abzweigte. Diesem folgten sie, überquerten die breite Staumauer des Margaritzen-Stausees und wechselten auf die andere Talseite.

Vom Ende der Mauer führte ein schmaler Pfad leicht im Zickzack bergauf. Sie durchquerten hier eine typisch hochalpine Flora, allerlei abgehärtete Alpenblumen leuchtenden in der buntesten Farbenpracht. Die Blumen schienen sich untereinander übertreffen zu wollen und buhlten um die Aufmerksamkeit fliegender Bestäuber. Sämtliche Pflanzen mussten die kurze Zeit des Sommers für die eigene Arterhaltung voll nutzen.

Immer wieder blickten die Wanderer kurz zurück zur anderen Bergseite, wo man immer noch die vielen Autos, Motorräder und Besucher die per Bus ankommen oder abfahren sah. Weiter oberhalb leuchteten die teils noch schneebedeckten Gipfel dieser imposant-grandiosen Bergwelt. Das erhabene Bild hob die Stimmung und regte den Kreislauf nicht nur vom ständigen Anstieg an. Die Vorfreude auf den nächsten Tag, mit der Besteigung des Großglockners, wuchs zunehmend. Der Weg im Gelände war für Geübte und Konditionsstarke keine Herausforderung. „Hoffentlich haben wir morgen auch so ein perfektes, bildschönes Wetter wie heute und Petrus bleibt uns hold", wünschte sich Bernhard. „Wir erhoffen es uns", erwiderte Günther, während sie unverdrossen mit gleichmäßigem Schritt bergauf gingen.

Bisher war ihr Weg unschwer und immer noch landschaftlich sehr abwechslungsreich. Bald hatten sie die Salmhütte auf 2644 Meter vor sich und traten ein, in der Absicht, einen kurzen Einkehr-Stopp einzulegen. „Jetzt brauche ich dringend ein Weizenbier, ich muss meinen Flüssigkeitspegel auffüllen", ließ Dieter wissen, während Bernhard und Günther mehr Lust auf eine Flädlesuppe – dort Frittatensuppe genannt – verspürten und ein großes Glas Apfelsaftschorle trinken wollten. Die Uhr zeigte längst den Nachmittag an und der Magen hatte sich schon hörbar gemeldet. Willy begnügte sich dagegen mit einem billigen Skiwasser und einem Doppelbrot aus seinem Rucksack.

Der Aufenthalt dauerte etwa zwanzig Minuten, dann durften sie gestärkt weiterziehen. Das Gelände wurde steiniger, der Weg blieb aber noch gut begehbar und es gab keinerlei Orientierungsschwierigkeiten. Inzwischen etwas abgekämpft und müde betrat das Quartett kurz vor 19 Uhr die Stüdlhütte auf 2802 Meter. Schon von weitem war ihnen der eigenwillige Bau mit seinem halbrunden, im Licht hellglänzenden Blechdach aufgefallen. Mitte der 90er Jahre war das Haus neu erbaut worden und es bietet heute den Gästen sogar einen gewissen Komfort.

Zum Glück hatte Willy sich mit seinen drei Begleitern zuvor angemeldet, denn das Haus war rappelvoll. „Da werden sich einige in der Nacht mit Notliegen im Freien begnügen müssen", befürchtete Dieter. „Jetzt ist Hochsaison und alle wollen zur gleichen Zeit auf den Großglockner", entschuldigte sich der Hüttenwirt, „sowohl über den Stüdlgrat, wie auch auf dem Normalweg über die Adlersruh, werden morgen wohl Heerscharen unterwegs sein."

Erst gegen 20 Uhr bekam das Quartett in der zweiten Gruppe das Abendessen. Währenddessen und hinterher trank jeder noch ein Bier oder einen Wein und Willy sein obligatorisches Apfelsaftschorle. Dann hatten sie nach dem langen Tag die nötige Bettschwere und suchten ihre Lager im Mehrbettraum auf.

Kurz zuvor war es noch zu einer unnötigen, aber hitzigen Diskussion gekommen. Willy wollte unbedingt schon um 5 Uhr aufstehen und um 5.30 Uhr losmarschieren. Für Bernhard war das viel zu früh. „Es reicht doch, wenn wir um 7 Uhr aufbrechen. So weit ist es ja nicht und wir müssen doch nicht die Ersten auf dem Gipfel sein." Günther schloss sich der Meinung an und nun ging es um das Für und Wider. Das ging eine Weile so. Schließlich fügte sich Willy unwillig dem Wunsch der anderen. „Dass wir aber um 7 Uhr dann auch ohne Verzögerung aus dem Haus kommen", fügte er missmutig und muffig an, „und nicht, dass wieder jemand die Wanderstöcke vergisst, die Jacke hängen lässt oder etwas anderes, und es wird 8 Uhr, bis wir auf dem Weg sind. Man muss hier nachmittags immer mit einem Gewitter rechnen."

Um 6.30 Uhr fanden sie sich tatsächlich kurz hintereinander alle im Frühstücksraum ein. Brot, Butter, Käse und Marmelade standen bereit und Dieter ließ sich ein Müsli mit Milch bringen. Die Einnahme des Frühstücks verlief reibungslos, doch dann gab es wieder – wie üblich oder unvermeidlich – die eine oder andere Verzögerung. In den Toiletten herrschte großer Andrang und so war es 15 Minuten nach 7 Uhr, bis sie endlich auf die Piste kamen. Willy war genervt und sichtlich sauer. „Bist du mit dem linken Fuß aufgestanden?", wollte einer wissen. „Oder ist dir eine Laus über die Leber gelaufen", gab Günther seinen Senf dazu. Der Angesprochene brummelte nur unwillig vor sich hin. Dabei versprach es ein schöner Tag zu werden. Die Sonne stand strahlend am azurblauen Himmel und der Gipfel des Großglockners leuchtete unwirklich nah im morgendlichen Licht. „Bei solchem Wetter in den Bergen unterwegs sein zu dürfen, ist ein Geschenk Gottes, das muss doch die Laune heben", schwärmte Dieter; Bernhard und Güntner nickten übereinstimmend. „Hoffentlich hält es den Tag über an. Wir sollten längst auf dem Weg sein", knurrte Willy mürrisch – und seine Befürchtung sollte nicht unberechtigt sein.

Keine halbe Stunde unterwegs, erreichten sie das Schneefeld, mussten die Steigeisen anlegen und von nun an angeseilt hintereinandergehen. Das gab wieder eine Verzögerung von einer Viertelstunde. Wie gewohnt gab Willy seine Instruktion zum Ablauf und er nahm als Erster den Platz am Seil ein. Hinter ihm lief Bernhard, dann folgte Dieter und Günther machte den Schluss. Viele Seilschaften sahen sie schon weit oberhalb aufwärts ziehen, die ihnen längst voraus waren und sich schon nahe der Erzherzog-Johann-Hütte – auch „Adlersruhe" genannt, befanden.

Bis sie dort auf 3454 Meter eintrafen, dauerte es gefühlt eine Ewigkeit und zwischendurch bedurften sie mehrere Trinkpausen, sowie eine kurze Vesperpause. Der Aufstieg brachte den Kreislauf ordentlich in Schwung und mit den Steigeisen an den Schuhen musste jeder Schritt sorgfältig gesetzt werden. Dabei brannte die Sonne auf sie nieder, das Eis reflektierte wie in einem Parabolspiegel, und längst waren alle vier schweißgebadet. Dabei lief der Schweiß noch unangenehm unter die Gletscherbrille, was in den Augen wie Feuer brannte. Ohne Gletscherbrille riskierte man aber schneeblind zu werden, das wäre für die Augen viel zu gefährlich geworden.

Mit Sorge sahen sie immer mehr Wolken aufziehen und um den Gipfel jagten die ersten dunkelgrauen Nebelschwaden. Inzwischen war der Großglockner-Gipfel schon völlig eingehüllt, und insgeheim kam doch Bedauern auf, nicht früher aufgebrochen zu sein. „Werden wir oben überhaupt noch etwas sehen können?", hegte Bernhard Zweifel. „Wären wir früher aufgebrochen, könnten wir jetzt schon fast oben sein", kartete Willy in seiner rechthaberischen Art nach und sein innerer Triumph war herauszuhören: „Warum habt ihr auch nicht auf mich gehört!"

Während den letzten Höhenmetern erwartete sie leichte Kletterei im brüchigen Fels. Bis sie auf dem Vorplatz der Adlersruhe standen, war es kurz vor Mittag. Günther wollte unbedingt etwas zu trinken holen und Bernhard schloss sich sofort an. Auch Dieter hatte seine Flasche schon zur Hälfte geleert, hatte aber vorsorglich eine zweite in den Rucksack gepackt. „Wir bleiben nur wenige Minuten, hört ihr", gab Willy vor. Derweil verzog sich der Gipfel immer mehr in den Wolken und böiger Wind kam auf.

Die Pause wurde kurz gehalten, das Quartett brach wieder auf und ging am Seil gesichert Schritt für Schritt bergan. Dabei war auf diesem Teil nicht unbedingt Seilsicherung nötig, zumindest nicht erkennbar. Der Weg zog sich langsam ansteigend in einem weiten Halbradius von rechts nach links über den schneebedeckten Hang. Viele Seilschaften waren ihnen voraus, sodass es keine Orientierungsschwierigkeiten gab. Die Fußspuren ließen gut erkennen, wohin sie sich halten mussten. Rund eine Stunde später standen sie direkt am Felsaufbau. Der weitere Aufstieg sah relativ vereist aus, so entschloss sich Willy mit einem zweiten Seil, das Günter vorsorglich im Rucksack trug, zwei Fixseilsicherungen anzubringen. Mit Hilfe der Brusischlingen, die man am Seil längst schob – im Ernstfall aber als Bremse wirkten – gab es im Aufstieg eine gewisse Sicherheit, und runter haben wir es einfacher, war sein Kalkül.

Der Aufstieg in diesem Teil gestaltete sich schwieriger als erwartet, und immer wieder umhüllten sie kalte Nebelschwaden. Zwischendurch war die Sicht keine zehn Meter weit und kaum zu erkennen, was weiter oben los ist. So blieb es nicht aus, dass es an diesem Hindernis staute. Andere, die vor ihnen waren, kamen nicht hoch oder nur sehr langsam und von hinten drängten Aufsteigende nach. Von oben kamen auch immer wieder einige herunter und so ergab sich ein wirres Durcheinander, ein Tohuwabohu, wie es oft an diesen Modebergen der Fall ist und sie deshalb viele Bergsteiger meiden. Doch auch hier galt: „Einmal muss man auf dem höchsten Berg Österreichs gestanden haben."

Trotzdem schafften es Willy und seine Begleiter mit viel Kraftaufwand und Geduld auf den Grat des Kleinglockners zu gelangen. Auf dem langen, schmalen Grat standen und saßen aber schon viele andere Bergsteiger wie Hühner auf der Stange. Von der anderen Seite kamen ihnen nach und nach Zurückdrängende entgegen und wollten absteigen. Links und rechts fiel es steil ab, war abgrundtief und nur ein fußbreiter Pfad im Schnee, einen Meter unterhalb des Grates, gab Halt zum Stehen. Dabei wehte ein unangenehmer, eisiger Wind und alles war in dichten Nebel eingehüllt. Trotz winddichter Jacken spürten sie die durchdringende Kälte, die beißend ins Gesicht schnitt.

Nach dem schönen, sonnigen Morgen und der Hitze im Aufstieg war die Situation jetzt völlig verändert und stresste zunehmend. Dieser Eindruck verschärfte sich noch, wenn sie waghalsigen Bergsteigern zusahen, die ihren Kameraden geradezu fahrlässig, nur mit einer Brusischlinge am kurzen Seil sicherten. Das war atemberaubend gefährlich. Wenn nur einer sich mit den Steigeisen in der Hose oder der Gamasche verhakt und stolpert, wie sollte ihn da sein Partner abfangen können? Leicht konnte man sich ausmalen, plötzlich 800 Meter tiefer aufzukommen.

Willy fluchte wie ein Kümmel-Türke über so einen Leichtsinn und das unprofessionelle Verhalten. Keiner hörte es oder die Betreffenden interessierte es nicht. Seine miese Laune verschlechterte sich noch mehr, nachdem er sah, dass es einfach nicht mehr vorwärtsging. Rund fünfzig Meter weiter vorne verläuft die Spur über den Grat nach rechts auf einem schmalen Übergang auf die andere Seite zum eigentlichen Gipfelaufbau. Diese Engstelle war ein zusätzlicher Gefahrenpunkt. Von dort sind nur noch rund dreißig Höhenmeter über Felsen zu klettern oder im Schnee, bis der Hauptgipfel des 3798 Meter hohen Großglockner erreicht ist und man am Gipfelkreuz steht.

Der Stau dauerte schon sage und schreibe eine halbe Stunde, doch gefühlt waren es – wegen der Kälte – Stunden und noch ließ sich nicht absehen, wann das letzte Teil der Engstelle erreicht sein würde. „Was ist denn da vorne los, warum geht es nicht weiter?", wurden Entgegenkommende gefragt. „Da stehen sich welche im Wege, haben Angst und Probleme, weil der Wind so stark am Übergang bläst, und zu viele wollen herüber und hinüber, das wird noch lange dauern", wurde berichtet. Diese Situation wurde Willy dann doch zu kritisch. „Wir kehren um...", ließ er Bernhard wissen, „auf die paar Höhenmeter kommt es nicht an. Gib den anderen hinter dir Bescheid!" „Auf keinen Fall widersprach Bernhard trotzig" und auch Dieter stimmte ihm zu. „Jetzt sind wir so weit gekommen, da wollen wir doch nicht umdrehen, sondern auch ganz zum Gipfel." Sie mussten dabei laut schreien, damit im Wind etwas zu verstehen war – und Günther wollte hinten auch schon wissen, was denn los ist. „Der Willy hat die Schnauze voll und will umkehren", sagte ihm Dieter. „Er hat vollkommen recht", antwortete Günther, „bei diesen saumäßigen Verhältnissen und der Warterei im kalten Wind macht das keinen Sinn. Ich friere und drüben am Gipfel ist die Suppe dicht, da sehen wir eh nichts."

Weil Günther als letzter am Seil ging, war er in die andere Richtung nun der Erste und widerwillig folgten Dieter und Bernhard hinter ihm. Den Schluss machte jetzt Willy und sie tasteten sich langsam und vorsichtig vorwärts, um zur Abstiegsstelle mit ihren Seilen zu gelangen. Wieder gab es ein Hindernis. Die beiden beim Aufstieg befestigte Fixseile war längst von anderen in Beschlag genommen worden, die auch gerne die Hilfe im Abstieg nutzten. Da staute es erneut und nur zögerlich ging es tiefer. Einer nach dem anderen musste eine freie Stelle finden, wo er die Brusischlinge an einem der Fixseile anbringen und damit den steilen Abhang abwärts hangeln konnte, bis sie dann unterhalb, am Ende, im flacheren Bereich standen.

Dort wartete Günther seit längerer Zeit, bis irgendwann Dieter nachkam. Der Nebel ließ kaum noch erkennen, wo die anderen blieben, ob und wer von oben nachkommt und was sich tut. Gut eine Viertelstunde geschah gar nichts, niemand war in Sicht. Den Wartenden wurde es schließlich zu kalt, deshalb machten sich beide auf den Weg zur Hütte. Wie sie beim Aufstieg gesehen hatten, war der Weg unschwer, und auf diesem Teilstück erkannten sie keinerlei Spalten. Sonderlich steil war es auch nicht. Somit bestand kein Risiko, wie sie annahmen, und warum sollten sie sich da oben einen abfrieren.

Bis Bernhard am „Felsfuß" stand, verging erneut viel Zeit und es dauerte noch länger, bis Willy endlich auftauchte. „Wo sind Günther und Dieter?", wollte er wissen. „Keine Ahnung, ich habe sie nicht gesehen. Vielleicht sind sie schon losgegangen."

„Das geht doch nicht", schimpfte Willy, „wir sind eine Seilschaft, da hat man beieinander zu bleiben und aufeinander zu warten. Na denen werde ich die Leviten verlesen", drohte er verärgert.

Nach rund einer halben Stunde trafen sie auch in der Erzherzog-Johann-Hütte ein. Dort saßen längst schon Günther und Dieter quietschvergnügt und hatten eine heiße Suppe vor sich auf dem Tisch, daneben ein Weizenbier. „Wieso habt ihr nicht gewartet bis wir zusammen sind?", polterte Willy gleich unwirsch los. „Hör mal", erwiderte Günther mit einem gewissen Unterton in der Stimme, „erstens haben wir nicht mehr sehen können, wer überhaupt wo ist, zweitens war uns ekelhaft kalt und drittens besteht auf dem Abschnitt nach hierher keinerlei Risiko. Warum hätten wir uns da den Arsch abfrieren sollen?"

„Es ist doch alles gutgegangen", ging Bernhard verbal dazwischen. „Mir stinkt es vielmehr, dass du so kurz vor dem Gipfel gekniffen und umgedreht hast. Für mich ist das der totale Mist, das ist kein Gipfelerfolg." „Ob Kleinglockner oder das wenige Meter höhere Gipfelkreuz, das macht doch keinen Unterschied. Das ist doch keine Erstbesteigung und Rekorde müssen wir nicht brechen. Wir waren oben, und Sicherheit geht vor, basta!" Willy war sichtbar verärgert und gekränkt, weil er angegriffen wurde. So ergab ein Wort das andere und die Stimmung rutschte spürbar in den Keller.

Während Bernhard für sich ebenfalls eine Suppe bestellte und dazu ein Mineralwasser ausschenken ließ, hatte sich Willy schmollend nach draußen verzogen. Zwanzig Minuten später kam er wieder rein und sagte: „In zehn Minuten brechen wir auf. Wir haben noch mindestens vier Stunden Weg vor uns, bis wir im Hoffmannhaus auf der anderen Talseite sind, und ich will nicht, dass wir im Dunkeln über den Pasterze-Gletscher gehen müssen." Das hörte sich mehr wie ein Befehl an, statt einer Bitte und trug nicht gerade dazu bei, die miese Stimmung zu entspannen.

Trotzdem standen die Drei folgsam zur befohlenen Zeit abmarschbereit. Sie verließen das Haus und hielten sich unterhalb im steilen Gelände diagonal den vereisten Hang abwärts, zum tiefen unten sichtbaren Gletscher. Jeder hatte zwar die Steigeisen an den Schuhen, angeseilt mussten sie jedoch nicht gehen, dafür konzentriert und vorsichtig. Die ausgetretenen Spuren gaben Halt und wenn einer an einer Stelle abgerutscht wäre, konnte nicht viel passieren. Davon abgesehen, dass ein Rutsch über hundert Meter auf verharschtem Schnee und Eis möglicherweise kein Vergnügen geworden wäre und sicher blaue Flecken hinterlassen hätte. Einer lief hinter dem anderen und Willy schweigend und schmollend voraus.

"Warum macht er aus einer Mücke einen Elefanten?", warf Dieter zwischendurch ärgerlich ein, ohne eine Antwort zu erhalten. Inzwischen machte sich auch noch Müdigkeit bemerkbar und immer häufiger schrie einer nach einer Trinkpause. Dann waren sie unten im relativ flacheren Teil auf dem Gletscher. Mühsam mussten sie sich im welligen Eisgelände orientieren und mehrfach Karte und Kompass zur Hand nehmen, bis die andere Talseite sich näherte und sie dort eine große Markierung oberhalb am Felsen ausmachten, die die Fortsetzung des Weges bergauf anzeigte, die Aufstiegsroute zum Hoffmannhaus.

Bis sie dort das Haus betraten, war 21 Uhr vorüber und die Sonne längst über dem Bergkamm versunken. Nur der rötliche Schein am spätsommerlichen Abendhimmel gab noch ein fades Licht. Wegen der fortgeschrittenen Zeit blieb nicht mehr viel Luft für weitere Diskussionen, denn Willy hatte sich immer noch nicht beruhigt und das verärgerte Günther und Dieter zusehends. „Du behandelst uns wie unmündige Kinder und verhältst dich wie ein störrischer Bock, du betrachtest uns eventuell wohl als deine Untergebenen", ereiferte sich Dieter. „Das mache ich so nicht mehr mit. Das nächste Mal kannst du gehen, mit wem du willst, ich habe die Nase voll." „Der Bergführer hat das Sagen und ist der Verantwortliche. Wenn etwas passiert stehe ich vor dem Richter", verteidigte sich Willy uneinsichtig und trotzig. Natürlich hatte er dem Buchstaben des Gesetzes nach das Recht auf seiner Seite, aber „man sollte doch die Kirche im Dorf lassen", und es ist ja alles gutgegangen. Bernhard versuchte noch einmal zu beschwichtigen. Es brachte aber nichts mehr. Jeder trank sein Getränk und dann legten sie sich im Schlafraum in die zugeteilten Kojen nieder. Zuvor wurde noch festgelegt, am Morgen um 7 Uhr aufzustehen.

Die Stimmung am nächsten Morgen während des Frühstücks war noch nicht besser, alle gaben sich recht einsilbig und die Luft war gespannt. „Was war denn in diese Truppe gefahren?" Es war doch im Grunde und unter diesen Umständen eine schöne, zwar herausfordernde, aber auch abwechslungsreiche Bergtour. Bernhard wunderte sich noch immer. „Warum musste die Stimmung so kippen, das ist doch in einer Kameradschaft nicht normal?" „Schade eigentlich, alles nur wegen der Dickköpfigkeit von Willy", antwortete ihm Günther. „Das passt weder in die harmonische Landschaft noch zur erhabenen Bergwelt. Das ist nur kindisch. Aber so sind sie eben, manche Menschen; egoistisch, rechthaberisch, uneinsichtig. Deshalb gibt es so viel Zwistigkeiten und Zerwürfnisse in dieser Welt." Das Statement von Günther war geradezu philosophisch.

Nach dem Frühstück sortierten sie ihre Utensilien, packten schweigend den Rucksack und marschierten zügig die rund vier Kilometer zur Großgarage. In knapp einer Stunde waren sie dort angelangt. Schnell wurden die schweren Bergschuhe gegen Straßenschuhe getauscht und alles im Kofferraum verstaut. Die Gespräche drehten sich immer noch nur um belanglose Dinge. Nach wenigen Minuten fuhren sie los, hielten aber gleich wieder bei dem etwas unterhalb stehenden Glocknerhaus. Dort wussten sie, befinden sich Waschräume, in denen sie sich frisch machen konnten. Hinterher nahmen sie in der Gaststube Platz zu einem zweiten Frühstück, ermittelten die Fahrkosten und Ausgaben, die aufgeteilt und ausgeglichen wurden.

Man gab sich inzwischen etwas beruhigter und bewusst lässig, was aber nur aufgesetzt wirkte. Innerlich hallten die unerfreulichen Gespräche immer noch nach, verbunden mit etwas Bedauern über den unschönen Ausgang. Jeder ahnte, dass diese Tour eine Wende bringen würde. Bei allen Beteiligten hatte der Disput einen schmerzenden Stachel hinterlassen, und Willy nahm sich insgeheim vor, zukünftig nur noch alleine unterwegs sein zu wollen. „Dann habe ich keine Verantwortung mehr und bin niemandem Rechenschaft schuldig. Ich werde älter und habe nicht mehr nötig, irgendjemand etwas beweisen oder mich irgendwem anpassen zu müssen."

Sie hatten sich im Gastraum viel Zeit gelassen und in Ruhe gegessen. Dann mussten sie doch an den weiten Heimweg denken und verließen schließlich das Haus.

Der Gipfel des Großglockners und seine Umgebung lagen an diesem Vormittag wieder wolkenfrei und in einem noch schöneren Licht. „Warum konnte das Wetter gestern nicht so blendend sein?", stellten sie die überflüssige Frage. Dafür toppte die Fahrt auf der Hochalpenstraße noch einmal die tiefen Eindrücke der letzten Tage. Ohne Frage, es hatte schon etwas Besonderes, Eindrückliches an sich, an einem solchen Bilderbuchtag in dieser hochalpinen Landschaft unterwegs sein zu dürfen, ohne sich anstrengen zu müssen, wenn man vom Fahrer einmal absieht.

Zu schnell hatten sie Zell am See passiert und strebten dann der Autobahn in Richtung Heimat zu, unterwegs nur von kurzen Pausen für einen Gang auf die Toilette unterbrochen. Spätnachmittags kamen sie in Baden-Baden an, wo sie sich wortkarg verabschiedeten.

„Schade, dass es so enden musste, denn eigentlich war es eine abwechslungsreiche Bergtour mit vielen positiven Eindrücken und wunderschönen Bildern, leider nur nicht mit einem harmonischen Ende."

Stüdlhütte

Grat am Kleinglockner und Blick zum Gipfel in Nebelschwaden

4

Alleine auf die Zugspitze

Die nächsten Wochen waren bei Willy gut angefüllt mit Aufgaben in seinem Job und im Garten zu Hause. Nach dem Frühjahr war dort einiges liegen geblieben. Da blieb ihm, außer seinen regelmäßigen Wanderungen, wenig Zeit für längere Unternehmungen. Von der Sektion kamen Anfragen von Mitgliedern, die ihn gerne bei einer Bergtour engagiert hätten. Allen hatte er abgesagt und dann schriftlich dem Vorstand seine Entscheidung mitgeteilt, zukünftig nicht mehr als Hochgebirgstourenführer zur Verfügung zu stehen.

Er begründete dies mit seinem fortgeschrittenen Alter und den hohen Anforderungen, die ihm seine Position im Unternehmen stellte. Man nahm es ohne größere Resonanz zur Kenntnis, was nun heimlich Willy wiederum wurmte. Über Jahrzehnte war er ein engagierter Bergführer und stand ehrenamtlich den Mitgliedern der Sektion mit Rat und Tat zur Verfügung, wie auch bei zahlreichen Unternehmungen im Alpenraum. Einen besonderen Dank oder eine kleine Ehrung – vielleicht im Rahmen einer Versammlung – hatte er schon erwartet. „Aber sei's drum", dachte er, „Undank ist der Welt Lohn." Auf den Gedanken, dass es Gründe gab, die seiner Person geschuldet waren, und man vielleicht sogar froh war, ihn so elegant aus dem Spiel zu haben, darauf ist er nicht gekommen.

So vergingen einige Wochen, bis Willy zu Hause Ende August die Decke auf den Kopf fiel. Er hatte noch eine Woche Urlaub, und spontan packte er am Sonntagabend kurz entschlossen seinen Rucksack. Anfangs der Woche sind die Hütten nicht überfüllt, sind weniger Menschen in den Bergen unterwegs; das ist gerade die richtige Zeit noch einmal loszugehen, bevor der Herbst mit Schnee in den Alpen einzieht und die Wintersaison beginnt. „Morgen gehe ich auf die Zugspitze", hatte er sich vorgenommen.

Morgens um 9 Uhr verließ er das Haus. Gut überlegt hatte er den Berufsverkehr noch abwarten wollen und die Strecke nach Garmisch ist nicht so weit. „Das schaff ich gut bis Nachmittag", dachte Willy. Seine Hoffnung erfüllte sich, der Verkehr hielt sich in Grenzen. Außer den üblichen kurzen Verzögerungen bei Langensteinbach und Pforzheim auf der A 8, kam er gut voran. Noch einmal stockte es vor Ulm. Dort nahm er die Abzweigung zur A 7. Unterwegs fuhr er einen Parkplatz an und ließ sich eines seiner zu Hause eingepackten Brote schmecken. Ohne nennenswerte Probleme kam Füssen in Sicht, dort befuhr er den Tunnel nach Reutte in Österreich, bog auf eine Nebenstrecke ab und erreichte über Heiterwang und Ehrwald den Ort Grainau. Auf der Infotafel suchte er nach der Straße nach Hammersbach, und in wenigen Minuten fand er in diesem Ortsteil von Garmisch den großflächigen Wanderparkplatz. Hier durfte er sein Auto einige Tage stehen lassen.

Ohne Hektik zog er die Wanderhose an, schlüpfte in die Bergschuhe und nahm schließlich den Rucksack auf. Zuvor hatte er vorsorglich Eispickel und Helm sowie die Steigeisen gut daran befestigt. Er war sich nicht sicher, ob er diese Gegenstände auf dem Gletscher brauchen würde. Das hängt immer sehr von den aktuellen Verhältnissen ab und kann sich schnell ändern. „Sicher ist sicher", dachte er, „und wenn ich die Dinge nicht brauche, dann trage ich nicht schwer daran; das ist dann Training." Doch ums Haar hätte er die Wanderjacke im Auto vergessen. Erst rund 100 Meter weiter fiel ihm das auf. „Das wäre dumm geworden, wenn ich von der Klamm noch einmal hierher hätte zurücklaufen müssen."

Erst eine dreiviertel Stunde war er unterwegs, dann stand er schon vor dem Eingang zur Höllentalklamm. Für die Passage wurde am Zugang eine geringe Eintrittsgebühr fällig, gedacht für die aufwendige Unterhaltung des Durchgangs in dieser einmaligen bizarren Landschaft. Beispielsweise werden im Winter Brücken und Stege durch freiwillige Helfer abmontiert und erst wieder im Frühjahr aufgebaut.

Zur Stärkung werden im Kiosk Kaffee und Kuchen angeboten. Schnell bestellte sich Willy einen doppelten Espresso und dazu einen feinen Apfelstrudel mit heißer Vanillesauce, bevor er sich einen Ruck gab, aufmachte und gemächlich die Klamm durchwanderte. Tage zuvor hatte es geregnet, dementsprechend stark tropfte es feucht von oben aus den Felsen auf den Weg. Nun musste er seine Jacke überziehen, damit er nicht patschnass wurde. „Zumindest hier wäre mir aufgefallen, dass ich sie im Auto habe liegen lassen", ging ihm durch den Kopf. Das hätte ihn aber doch sehr gewurmt, wenn er dann noch einmal hätte zum Auto zurücklaufen müssen und den ganzen Weg noch einmal machen. Bei aller Begeisterung für Wandern und Bewegung, Umwege und unnötige Wege empfand er als ein Gräuel.

Das war aber das Einzige, was ihn unterwegs stören konnte. Dafür war der Weg wildromantisch und abwechslungsreich. Der Hammersbach rauschte mit reichlich Wasser talwärts und mit den von oben fallenden Tropfen ergab sich eine eigentümlich klangliche Stimmung. Viele Wanderer passierten mit ihm an diesem Nachmittag die Klamm. Etwas befremdlich erschienen ihm die, mit den aufgespannten Regenschirmen. So ein Bild widerstrebt einem passionierten Wanderer zutiefst. Wer ihm begegnete oder wen er überholte, waren teils Tagestouristen, andere gleichfalls auf dem Weg zur Zugspitze, mit geplanter Übernachtung in der Höllentalangerhütte, die weiter oberhalb der Klamm steht.

Vom Zugang der Klamm bis zur auf 1387 Meter stehenden Hütte brauchte er gut eine Stunde. Entgegen seiner sonstigen Gewohnheit hatte sich Willy für den Weg durch die enge Schlucht mehr Zeit gelassen. Öfters blieb er stehen und betrachtete in Gedanken versunken die alpine Umgebung und Natur, die sich innerhalb der hoch aufragenden Felsen und an den Hängen auftat. Immer wieder blickte er in die unterhalb wild schäumenden Wasser, die sich vehement talwärts stürzten. Nein, heute hatte er keine Eile.

Wie erwartet, war in der Hütte noch nicht viel los. Bei dem schönen Wetter war die Außenterrasse zwar gut besucht. Bei den Gästen handelte es sich aber überwiegend um Urlauber und Touristen, die anschließend wieder das Tal hinaus wollten, und für die meisten Bergsteiger, die von oben, von der Zugspitze hier vorbeikommen oder die am Tag darauf dorthin wollen, war es durchweg noch zu früh.

Gleich meldete Willy beim Hüttenwirt seine Ankunft an, ließ sich einen Platz im Matratzenlager zuteilen und legte dort seine Sachen ab. Dann begab er sich wieder nach draußen, umrundete die Hütte und wanderte schließlich langsam den Weg längs des Hammersbachs ein Stück talaufwärts. Die Stimmung der Spätnachmittagssonne, die nun ins Tal und auf die Höllentalangerhütte fiel, wirkte beruhigend auf ihn; er genoss sichtlich diesen stillen Augenblick. Am Wegrand entdeckte er den kleinstieligen blauen Enzian, sah die gelbe Heilblume Arnika und andere, dem rauen Klima in den Bergen angepassten Alpenblumen.

Weit oberhalb erstrahlte der Jubiläumsgrat in der grellen Nachmittagssonne. Da ging Willy, der sich sonst manchmal knöchern und sperrig geben konnte, geradezu das Herz auf. „Wieso soll ich mich mit anderen herumplagen? Das habe ich lang genug getan, jetzt will ich meine Ruhe haben und mich nach niemand mehr richten müssen", ging es ihm gedanklich durch den Kopf, und je mehr er darüber nachdachte, umso sicherer war er, richtig gehandelt zu haben. Nebenbei nahm er sich vor, irgendwann in den kommenden Jahren über den langen, anspruchsvollen Jubiläumsgrat von der Zugspitze zur Alpspitze klettern zu wollen und zur Höllentalangerhütte abzusteigen. „Alterli, da gibt es noch vieles, was du solo machen kannst, wenn du einigermaßen gesund und fit bleibst", sagte er zu sich. So verging im Nu über eine Stunde, bis er an die Rückkehr dachte.

Zufrieden kehrte er in die Hütte zurück. Noch war es zu früh für das Abendessen, deshalb holte er sich ein Glas Apfelsaftschorle und trank es in einem Zug aus. Nach einer kurzen Pause ging er noch einmal zum Ausschank und ließ sich ein Viertel Blauen Zweigelt ausschenken. Eine junge, hübsche Studentin kümmerte sich um die Getränke. Sie verdiente sich so über Wochen während den Semesterferien etwas Geld, und da sie nett und freundlich bediente, sparten die Gäste sicher nicht mit Trinkgeld.

Das Knattern eines Hubschraubers wurde hörbar und alle schauten neugierig gen Himmel wo er herkommt, wohin er fliegen würde. Rundum wurde gerätselt, was los sein könnte. „Ist wieder jemand abgestürzt", hörte er aus den Runde fragen. Das Rätsel wurde bald gelöst. Der Hüttenwirt hatte erfahren, dass eine Person auf dem Jubiläumsgrat vor Erschöpfung zusammengebrochen ist und nicht mehr weiterkam. Die Begleitung hatte einen Notruf abgesetzt und Hilfe angefordert. „Ja, den Jubiläumsgrat schaffen nur die Besten", fügte er mehr als Warnung an.

Langsam sank die Sonne hinter den Kamm im Westen und warf immer längere Schatten ins Tal. Während sich der Himmel erst rot färbte und sich Dämmerung langsam über den Platz legte, wurde es merklich kühler. Irgendwann nahm auch Willy Glas und Krügchen und suchte sich einen freien Platz im rustikalen Gastraum. Dort fand er nette Tischnachbarn, mit denen er die nächsten Stunden über alle möglichen Bergtouren plaudern konnte und von denen er sich manche spaßige Anekdote anhören durfte. Der Abend gestaltete sich somit recht kurzweilig.

Zwischendurch wurde das Abendessen serviert und es entstand etwas Hektik im Raum. Hinterher blieb Willy noch eine Stunde sitzen und trank ein weiteres Glas Wein, dann war seine Zeit gekommen, er war müde, zog sich zurück und legte sich schlafen.

Sein Schlafplatz war in einem der Doppelstockbetten auf der oberen Matratze. Jetzt rächte sich, dass er am Nachmittag und Abend so viel getrunken hatte. Ihn drängte es mitten in der Nacht auf die Toilette, und da er die anderen so wenig wie möglich stören wollte, bemühte er sich ohne Licht aus dem Raum.

Bei der Rückkehr stieg er in der Dunkelheit die Bettleiter hoch, schlug sich aber unglücklich mit der Nase heftig an eine Leitersprosse. Die Brille fiel ihm herunter und er musste sie im Dunkeln ertasten. Der Zwischenbügel aus Metall hatte ihm eine stark blutende Wunde an der Nase verpasst. Er spürte, wie ihm warm das Blut über den Mund lief und er versuchte, dies mit Papiertaschentüchern zu stoppen. Seine Sorge war, dass er auf der Matratze die Decken und seinen Hüttenschlafsack mit Blut verschmutzen würde. Erst am Morgen sah er vor dem Spiegel sein blutverschmiertes Gesicht und legte ein Pflaster über die Wunde, damit der Brillenbügel nicht scheuerte und ihn schmerzte.

Gegen 5 Uhr wurde es unruhig im Hause. Da hielt es Willy auch nicht länger; er erhob sich, verließ sein Bettlager und suchte den Frühstücksraum auf. Bis jeder Kaffee oder Tee und was dazu gehörte hatte, dauerte es nur eine kurze Zeit. Mit dem eingespielten Team der Hüttenmannschaft ging das ruckzuck. Nach zwei Tassen Kaffee und dem Verzehr von zwei Brötchen war Willy zufrieden, bezahlte und um 6 Uhr verließ er ohne Hektik das Haus.

Die morgendliche Kühle und klare Luft empfand er als angenehm und erfrischend. Mit flottem Schritt eilte er auf dem noch flachen Weg zielstrebig dem hinteren Tal zu. Links und rechts grünte und blühte es trotz der fortgeschrittenen Jahreszeit immer noch üppig und verschwenderisch. Zarte Tautropfen zierten Gräser und Blumen und glänzten im morgendlichen Licht, grazile Spinnweben spannten sich zwischen den Buschästen. Leichter Frühnebel waberte über den feuchten Almwiesen. Willy hielt das Tempo hoch, bis es merklich steiler wurde und der Weg zickzack im Aufwärts über einen Bergrücken führte. Mächtige Felsblöcke kamen und säumten den Weg, steiniges

Geröll wechselte ab, durch die sich ein ausgetretener Pfad schlängelte, dem er folgte.

Zwischendurch wandte er seinen Blick immer wieder einmal zurück, hinaus ins weite offene Tal. Viele Gruppen und einzelne Bergsteiger hatte er schon überholt. Weit draußen sah er verschwommen im nebligen Dunst die Hütte, die nach und nach immer mehr aus dem Schatten ins Sonnenlicht wechselte. Der „Planet" füllte zunehmend das Tal mit gleißendem Licht und ließ die Hänge und Felsen oberhalb golden erstrahlen. Amüsiert erinnerte Willy das idyllische Bild, das er von oben sah, im Blick auf die vielen unterwegs die auf dem Weg eilten, an Ameisen, alle mit gleichem Ziel wie er.

Oberhalb des grünbewachsenen Geländes, begann der mit Altschnee überzogene Gletscher. Doch der Schnee war verharscht und gut begehbar. Die Traverse erwies sich als völlig harmlos und so konnte er gut ohne Steigeisen den Weg fortsetzen. Die ausgetretenen Trittspuren erwiesen sich breit genug und gaben Halt, da bestand keine Gefahr ins Rutschen zu geraten. Nur am Übergang zwischen dem Gletscher und dem steil aufragenden Felsen gab es einen tiefen, über einen Meter breiten Spalt, der ihm zuerst etwas Unbehagen bereitete. Nach kurzem Zögern überquerte er mutig mit einem dynamischen Sprung diese Stelle. „Ich bin halt doch noch sportlich", lobte er sich ohne Spur von Bescheidenheit.

Im Höllentalsteig wechselten sich Stifte in der Wand, mit griffigem Fels, Seilen und Leitern ständig ab. Inzwischen schien die Sonne voll auf die Felsen, heizte sie auf, dabei war es total windstill. Da blieb es nicht aus, dass Willy der Schweiß aus allen Poren lief und er immer häufiger zur Trinkflasche griff. „Was für ein Glück, dass ich zwei volle Flaschen dabeihabe", dachte er zufrieden.

Je höher er stieg, desto weiter öffnete sich seinen Blick nach links zum Jubiläumsgrat und zwischendurch auf die andere Seite des Wettersteinmassivs. Tief unten sah er den smaragdgrünen Eibsee, umgeben vom satten Grün der Wälder; „welch eine fantastische Bilderbuchlandschaft", empfand Willy und verweilte öfters einige Augenblicke. Das hatte er im steilen Anstieg und der kraftraubenden Kletterei durchaus auch dringend nötig, damit der Puls wieder etwas herunterkam. Sein Atem ging schwer und tief zog er Luft in die Lungen. Dazu benötigte er jetzt zwischendurch immer eine längere Atempause, bis er sich ein wenig erholt hatte. Der steile Aufstieg forderte seinen Tribut.

Fünf Stunden benötigte er für die rund 1600 Höhenmeter, und er musste sich eingestehen: „Das hat mich doch mehr als erwartet gefordert." In der Tat, Willy war froh auf der betonierten Plattform der Zugspitze angekommen zu sein und er atmete erst einmal tief durch. Sein nächster Weg ging zum Münchner Haus, wo er sich einen halben Liter Cola-Cola holte. Das war jetzt Doping und gab ihm schnell einen Schuss neue Energie zurück.

Auf ein Gipfelfoto wollte er keinesfalls nicht verzichten, doch nur für das kurze Stück über eine Leiter abwärts und auf der anderen Seite den Felsen zum Grat hoch, dauerte es zwanzig Minuten. Zu groß war der Andrang durch die vielen Tagestouristen, die mit Bahnen aufgefahren waren und beim kurzen Aufenthalt natürlich noch ein Gipfelfoto mitnehmen wollten. Endlich stand er am markanten goldenen Kreuz und fand auch noch jemand, der mit seiner Digitalkamera ein Bild von ihm schoss. Dann suchte er durch die Menschen-Massen eine Lücke und ging zur Aussichtsterrasse zurück. Die Panorama-Rundumsicht war traumhaft; er konnte sicher 200 Kilometer weit blicken. Kurz versuchte er einzelne Gipfel auszumachen und namentlich zuzuordnen. Irgendwann gab er es auf; es waren viel zu viele.

Der unbeschreibliche Rummel wirkte erdrückend auf ihn. Deshalb suchte er bald eine ruhigere Ecke im Schatten, verzehrte zwei mitgeführte Brote und hinterher noch einen Apfel. Die Erholungspause tat ihm gut, wirkte belebend, doch es war noch viel zu früh, um den restlichen Tag nur herumsitzen zu wollen. Deshalb bestellte er sich beim Hüttenwirt den Übernachtungsplatz im Lager. Nachdem dies erledigt war, begab er sich auf den Jubiläumsgrat und kletterte gemächlich den Felszacken folgend rauf und runter. Immer wieder hielt er an einer der Grate und Spitzen inne, setzte sich auch zwischendurch nieder und genoss die gigantische Fernsicht. Er war so gut wie alleine und fühlte sich dabei dem Himmel so nah; alles Beschwerliche, alle Sorgen und Belastungen sind weit unten im Tal zurückgeblieben. Das war Balsam für seine Seele.

Um diese Zeit war in diesem Abschnitt des Jubiläumsgrats nichts mehr los; kaum ein Bergsteiger begegnete ihm. Alle, die die volle Länge des Jubiläumsgrats klettern wollten, waren natürlich schon sehr früh morgens im Münchner Haus aufgebrochen, und jene, die von der Alpspitze oder von der Knorrhütte her kommen, sind in der Regel später dran. Willy war froh darüber, so konnte er seinen Gedanken nachhängen. Heute war es richtig, es passte und er war mit sich rundum zufrieden. „Hier ist ein Stück vom Himmel", empfand er in diesen kurzen Augenblicken.

Eine gute Stunde dürfte er so über die Grate und Zacken unterwegs gewesen sein, dann kehrte er um und ging auf dem gleichen Weg mehr kletternd wie gehend zurück, dazu brauchte er natürlich genauso lange. Zurück auf dem Plateau stellte er zufrieden fest, dass sich die Aussichtsterrasse jetzt merklich geleert hatte. Die letzten Bahnen waren nach Eibsee oder Ehrwald abgefahren und somit überwiegend nur noch Übernachtungsgäste zurückgeblieben.

In der abendlichen Sonne war es noch angenehm warm, so ließ sich Willy beim Münchner Haus auf der Terrasse nieder und trank einen Kaffee. Währenddessen machte er sich Notizen und überlegte, wie er die Zeit nach seinem Ruhestand, der er mit großen Schritten sich näherte, einmal wird gestalten wollen. Wenn es seine Fitness zulässt, wollte er auf jeden Fall noch viele Bergtouren in mittleren Lagen machen und vielleicht sogar wieder einmal den Westweg von Pforzheim nach Basel laufen, den er vor Jahrzehnten schon einmal bezwungen hatte. Eine Alpenüberquerung auf dem berühmten E 5 von Oberstdorf nach Meran schwebte ihm ebenso noch als Wunschtraum vor. Ziele gab es also noch zu Hauf: „Da wird es mir nicht langweilig werden."

Mit der untergehenden Sonne wurde es merklich kühler und er zog es doch vor, den Platz lieber in den Gastraum zu verlegen. Dort fand er an einem der Tische einen freien Stuhl und ließ sich nieder. Schnell kam er mit seinen Tischnachbarn ins Gespräch. Unter ihnen waren drei Bergsteiger aus dem Fränkischen, die vorhatten, tags darauf den Jubiläumsgrat zur Höllentalangerhütte zu überschreiten. Sie schwärmten den ganzen Abend ununterbrochen von allen möglichen Touren, die sie in den letzten Jahren bereits gegangen waren. Einer von ihnen war zudem ein begnadeter Witzeerzähler, so gab es viel zu lachen. Ein Witz nach dem anderen folgte, dabei schien der Mann über ein unerschöpfliches Repertoire zu verfügen und er verstand es gut, sie auch pointiert rüberzubringen. Einer gefiel

Willy besonders gut und den wollte er sich merken: Eine Nonne war mit ihrem Kultauto Ente 2 CV unterwegs. Kurz nach dem Ort ging ihr der Sprit aus. Im Auto fand sich aber leider kein Reservekanister. Sie lief deshalb hurtig zur nächsten Tankstelle zurück. Der Tankwart konnte ihr mit einem Kanister auch nicht aushelfen, hatte aber einen Botschamper (alemannisch für Nachttopf) stehen, der zur Not auch gehen würde. Diesen befüllte er randvoll mit Benzin. Sorgsam trug die Nonne das spezielle Gefäß zu ihrem Auto zurück, öffnete den Tankstutzen und schüttete vorsichtig das Benzin in den Tank. Derweil näherte sich ein LKW. Der Fahrer sah wie die Nonne mit dem Nachttopf hantierte, hielt, kurbelte das Fenster herunter und sagte: „Schwester, ihren Glauben möchte ich haben."

Die gesellige Unterhaltung ließ die Zeit kurzweilig werden, und zwischendurch wurde auch das Abendessen aufgetragen. Das gab etwas Unruhe und Geschirrklappern, dafür nahm während dem Essen der Gesprächspegel leicht ab. Hinterher bestellte sich Willy einen Rotwein als Schlaftrunk und schon gegen 21 Uhr zog er sich auf sein Lager zurück. „Das war ein guter Tag, so müsste es immer sein, da kann ich meine Batterie aufladen." Mit sich zufrieden schlief er ein.

Die Nacht wurde wieder wie gewohnt ziemlich unruhig. Immer stand irgendwer auf, verließ den Raum und begab sich polternd zur Toilette. Andere schnarchten, dass die Wände zu vibrieren schienen. So war Willy ganz froh, als die Nacht endlich vorüber war und er um 6 Uhr sein Lager verlassen durfte. Schnell packte er seine Sachen zusammen und stellte sie für den Abmarsch bereit.

Im Gastraum trank er ein Kännchen Kaffee, verzehrte zwei Scheiben Brot mit Käse und Wurst, bezahlte und verließ das Haus. Über steile Serpentinen kam er abwärts zum Schneefernerhaus und über Geröllfelder, auf denen sich im Winter die Massen von Skifahrern tummeln, dann auf dem nur noch relativ leicht abfallenden Pfad zur Knorrhütte. Hier legte Willy eine kurze Trink- und Esspause ein. Dann folgte er dem Weg zur Reintalangerhütte, weit unten im Tal.

Der Gebirgsfluss Partnach kam in Sicht, während es hinten im Tal flacher und gemütlicher wurde. Felsiges Gelände ging in grasbewachsene Flächen über, die mit halbhohem, lichtem Waldbestand wechselten. Dann sah er die Hütte oberhalb einer Flachstelle am Wildbach Partnach kommen. Im Kiesbett am Rand des Wassers hatten Künstler – wohl aus Zeitvertreib – zahlreiche Steinmandl aufgebaut, und im Kiesbett am flachen Bachufer luden Liegestühle müde Wanderer zum Ausruhen ein; „Beachflair" inmitten der alpinen Welt, dachte Willy, bei der Betrachtung dieser Idylle.

Längst war die Mittagszeit vorüber. Deshalb setzte er sich im Gras am Bach nieder und ließ sich ein Brot schmecken. Dabei betrachtete er die fragilen Skulpturen, die kunstvoll im flachen Uferbereich aufgeschichtet standen. In der Hütte besorgte er sich zwischendurch eine Apfelsaftschorle und später noch einen Kaffee. Wanderer kamen vorüber und mit einigen kam er ins Gespräch. Später nahm er aber doch den Rucksack wieder auf und ging weiter seines Weges, gemächlich das Tal hinaus. Die Landschaft wurde immer abwechslungsreicher, links und rechts gingen die teils bewaldeten Berghänge steil aufwärts. „Da ist mancher Hang, den noch nie ein Fuß betreten hat", sinnierte er während des Weitergehens.

Auf halbem Weg kam er zur „Bockhütte" in einer flachen Bachaue, wo er sich erneut eine Trinkpause gönnte. Weiter draußen wurde das Tal wieder enger, der Weg dafür breiter, und viele Spaziergänger begegneten ihm oder er ging zügig an ihnen vorbei.

Ungefähr zwei Stunden war er unterwegs, bis sich der obere Einstieg der Partnachklamm vor ihm auftat. Während er durch die Klamm schritt, sah er gewaltige Wassermassen durch den engen Felseinschnitt der wildromantischen Klamm tosen und wild schäumen. „Da hätten nicht einmal gut trainierte Wildwasser-Kanuten eine Chance", überlegte er. An den steilen Wänden erkannte selbst der Laie die massiven Auswaschungen, die der Fluss in Millionen Jahren aus dem Gestein herausgespült hatte, als er sich immer tiefer ins Tal eingrub. Große Steinbrocken, die irgendwann von oben ins Bachbett gestürzt sind, bildeten Barrieren, über und um die das Wasser schäumend und hoch aufspritzend seinen Weg bahnte. Rauschende Wasser in einer Schlucht wirkten immer in besonderer Weise auf Willys Gemüt und er nahm bewusst den unverwechselbaren Sound auf. Der in die Felsen gehauene Weg durch Höhlen und menschengemachte Tunnels, war ohne nennenswertes Gefälle. In den Durchgängen tropfte das Wasser von oben, während Willy immer noch in Gedanken versunken schon am unteren Zugang eintraf. Hier bezahlte er die geringe Gebühr für die Passage des Naturdenkmals Partnachklamm und ging dann mit unvermindertem Tempo dem bayrischen Skiort Garmisch-Partenkirchen zu.

Die letzten Kilometer nach Garmisch verliefen unspektakulär, jedoch auf der Fahrstraße, was ihm nicht so sonderlich gefiel. Er kam zum Parkplatz beim Olympiagelände, wo die oberhalb am Berghang stehende moderne Sprungschanze das Bild dominiert. In der Nähe suchte er die Bahnstation und bestieg den nächsten Zug, der ihn nach Grainau brachte, von wo aus er die paar Meter zum Parkplatz am Hammersbach schließlich noch einmal zu Fuß bewältigen musste.

Beim Auto angekommen, war er froh, gleich den Rucksack ablegen und die Schuhe ausziehen zu dürfen. Sein Bewegungspensum war gestillt und reichte ihm für diesen Tag. Ohne auf Ordnung zu achten, verstaute er die Sachen im Auto und schlüpfte in die Straßenschuhe. Zuletzt trank er noch die Trinkflasche leer, stieg ins Auto und verließ den Platz und Ort zur Heimfahrt.

Für die Rückfahrt wählte er diesmal die Strecke über Farchant, am Starnberger See entlang und weiter nach München – mit Zwischenpausen – auf der A 8 Richtung Stuttgart nach Hause. Bis er dort eintraf, war es Nacht, schon spät und 23 Uhr vorüber.

„Das waren rundherum drei wunderschöne, abwechslungsreiche Tage, das werde ich gelegentlich wiederholen", nahm er sich vor. „Das sind die Tage, warum ich die Berge so schätze."

Von der langen Fahrt noch etwas aufgekratzt, konnte er sich nicht sofort schlafen legen. Bevor er ins Bett ging, las er deshalb eine Weile die Zeitungen der letzten Tage durch und trank noch ein Bier. Das war nötig um herunterzukommen. „Der Geist ist willig, das Fleisch ist schwach", beim Lesen wurden ihm bald die Augen schwer. Das war das Signal, nun doch den langen Tag abzuschließen und sich schlafen zu legen.

Gipfelkreuz der Zugspitze

Rummel am Münchner Haus auf dem höchsten Berg Deutschlands

5

Solo-Klettereien in den Dolomiten

Nach den letzten Aktivitäten im August und über den Sommer, häufigen langen herausfordernden Wanderungen im Schwarzwald, besonders im Feldberggebiet, am Kandel und rund um den Belchen, zog es Willy noch einmal in höhere Gefilde. Die zweite Hälfte des Septembers war die richtige Zeit dafür, um nach Südtirol oder in die Dolomiten zu fahren. Die Ferien waren vorüber und er konnte davon ausgehen, dass die Hütten nicht mehr so überfüllt sein würden, wie man es in den Monaten Juli und August vorfindet, wenn die Italiener Urlaub haben und gleichzeitig halb Deutschland unterwegs ist. Wieder hielt er den Sonntag für günstiger, um anzufahren. „Zu dieser Zeit sind die Urlauber und Wochenendausflügler auf der Heimreise und gen Süden ist freie Fahrt", spekulierte er aus Erfahrung.

So gegen 9 Uhr verschloss er sorgfältig zu Hause alle Türen und machte sich auf den Weg. Ohne Probleme passierte er Stuttgart, dann Ulm und München. Unterwegs pausierte er kurz, verzehrte ein mit Käse belegtes Brötchen, das er dafür eingepackt hatte. In München nahm er die Nordumfahrung, kam ohne Stau nach Rosenheim, wo er auf die Abzweigung Richtung Kufstein ins Inntal wechselte und Innsbruck zufuhr.

An der Grenze musste er zwangsweise ein weiteres Mal anhalten, sich ein Pickerl für die österreichische Autobahn besorgen und sichtbar innen an die Scheibe kleben. Die Pause nützte Willy außerdem, sich mit einem doppelten Espresso zu dopen und für eine Erleichterung der Blase zu sorgen. Das dauerte nur wenige Minuten, dann rauschte er ab und fuhr zügig weiter. Der Brenner kam und wieder war eine zusätzliche Gebühr für die Benützung der Brenner-Autobahn fällig.

Auf der viel befahrenen Autobahn nach Italien galt es auf die Geschwindigkeitsbeschränkung zu achten. Der Verkehr rollte gleichmäßig, so konnte er mit dem Tempomat die Geschwindigkeit entspannt einhalten und gen Süden streben. Die gemächliche Fahrt erlaubte ihm auch ohne Risiko zwischendurch einen Blick auf die Landschaft links und rechts, die hoch aufragenden Berge zu werfen, hin zu den malerischen Dörfchen, die aus der Ferne wie an die grünen Hänge geklebt wirkten. Unterwegs musste er tanken, das verband er mit einer weiteren Pause, vertrat sich dabei ein paar Minuten lang die Füße und ruhte sich hinterher noch zwanzig Minuten im Auto aus.

Bei Brixen verließ er die italienische Autobahn und befuhr die Landstraße über San Lorenzo, Bruneck, bog bei Niederdorf-Toblach rechts ins Tal und erreichte schließlich nach langer Fahrt den prominenten Olympiaort Cortina d'Ampezzo. Wenige Kilometer außerhalb, direkt an der Bergstraße zum Passo Falzarego am Lagazuoi, gibt es das kleine Hotel Piccolo Pocol. Das hatte er im Internet entdeckt und sich gleich telefonisch angemeldet. Es sollte ihm für die nächsten Tage als Domizil für seine Klettereien in der Umgebung dienen.

Die Hotel-Chefin – eine ältere Dame – sprach perfekt Deutsch und empfing ihn herzlich. Dann zeigte sie Willy das nett und zweckmäßig eingerichtete Zimmer mit Dusche; gerade richtig für seine bescheidenen Ansprüche und das zu einem moderaten Preis. Die Übernachtung mit Frühstück kostete 37,50 Euro. „Da kann man nicht meckern", dachte Willy. „In Cortina d'Ampezzo zahle ich das Fünffache." Was ihn ein wenig störte war, dass es das Frühstück erst ab 7.30 Uhr gab, „doch nun ja", dachte er, „ich werde etwas früher da sein und vielleicht bekomme ich schon etwas, sonst muss ich eben in diesen sauren Apfel beißen und warten."

Für diesen Tag hatte er genug. Im Haus gab es kein Restaurant aber einen kleinen Ausschank, in dem es Getränke gab. So kaufte er eine Flasche Rotwein, nahm ein Glas mit und zog sich auf das Zimmer zurück. Auf dem Tisch breitete er die Wanderkarte im Maßstab 1:25'000 aus und studierte verschiedene Möglichkeiten für Touren, die er machen wollte. Am Ende entschied er sich am nächsten Tag für die 3244 Meter hohe Tofana di Mezzo. Die Entscheidung war gefallen, alles war erledigt, müde legte er sich nun ins Bett. Keine Schnarcher störten und so schlief er tief und fest durch, bis ihn um 6 Uhr das Signal der Armbanduhr weckte.

Frühstück gab es um diese Zeit noch nicht, so blieb er noch eine Weile liegen; bald hielt es ihn aber nicht mehr im Bett. Die Ruhe, die klare Bergluft hatten ihn gut schlafen lassen, waren aber geradezu ungewohnt für ihn, der sonst anderes kannte. Um die Zeit zu verbringen, studierte noch einmal die Route in der Karte. Dann verließ er das Zimmer und lief vor dem Haus auf und ab und einen Kilometer das Tal aufwärts.

Am Weg tauchte ein Restaurant auf und er nahm sich vor, abends einmal dort reinzuschauen. Kurz vor halb acht suchte er seinen Platz am Frühstückstisch und bekam auch sofort Kaffee gebracht. Brötchen und alles andere holte er am gut sortierten Buffet. Mehrere Sorten Käse, Wurst, Müsli und Obst lagen bereit und alles reichlich; Willy war rundum zufrieden. Da erlaubte er sich auch noch eine Vesper für den Tag zu richten und die Hotel-Chefin gab ihm sogar Alufolie, damit er es gut verpacken konnte. „Mit dem Haus habe ich richtig Glück, hier bin ich gut bedient", Willy war zufrieden.

Keine halbe Stunde später verließ er gestärkt zielstrebig das Haus. Für sein Vorhaben musste er einige Kilometer in Richtung Falzarego-Pass fahren, bis dann rechts ein großes Holztor die Abzweigung anzeigte, der Weg zur Dibona-Hütte. In deren Umfeld fand er einen Parkplatz, griff nach dem Sitzgurt mit dem Klettersteigset und legte ihn an, dann schlüpfte er in die Bergschuhe. Zuletzt nahm er den mitgeführten leichten Tagesrucksack auf und marschierte los.

Der markierte Weg führte östlich in Serpentinen zur Pomedes-Hütte, dann folgte er dem Wegweiser „Via Ferrata Punta Anna Tofana" und in einer Viertelstunde stand Willy an dessen Einstieg. Zügig erklomm er über Leitern und bei leichter Kletterei den mittelschweren „Ferrata Punta Anna". Bald hangelte er sich über ein schmales Querband auf die westliche Seite. Immer weiter stieg er nach oben, nur von kurzen Trinkpausen unterbrochen. Es war sehr warm an diesem Tag und der Aufstieg heizte ihm gehörig ein. Eine Viertelstunde Pause für eine Vesper musste er an einer geeigneten Stelle auch noch einlegen.

Während er kauend und versonnen so dasaß, zog eine kleine Gruppe an ihm vorbei und bestiegen nacheinander die sicher dreißig Meter lange senkrechte Leiter. Es waren Großvater, Sohn und drei Enkel, der Jüngste allenfalls sechs, sieben Jahre alt, den der Vater zusätzlich am kurzen Seil gesichert führte. Dieses einmalig farbenfrohe Bild musste Willy unbedingt im Foto festhalten. „Sowas sieht man nicht alle Tage, wie da die

Personen in bunten Anoraks wie die Perlen an der Schnur himmelwärts streben."

Eine ausgesetzte Querung forderte im weiteren Aufstieg konzentriertes Gehen und viel Kraft in den Armen, gab aber den richtigen Kick und war ein willkommener Nervenkitzel. Mit leichterer Steigung ging es anschließend weiter aufwärts, bis er am frühen Nachmittag im Ausstieg auf im Gipfelbereich stand. „Berg Heil" musste er sich diesmal selber wünschen. Dort sah er später den Jüngsten der Gruppe am Gipfelkreuz auf einem der flachen Steine liegen und schlafen. Dem Vater versprach er da Bild per Email zu schicken, was er zuhause dann tat. Talwärts nahmen die Fünf die Seilbahn, wie er hörte. Trotzdem fand Willy das eine tolle Sache, wenn die Kinder und Enkel begeistert mitmachen. Solches Glück vermisste er in der eigenen Familie sehr. „Die Enkelkinder sind ja auch noch zu klein dafür, vielleicht wird das später noch etwas."

In Nachbarschaft zum Gipfelkreuz verweilte Willy eine halbe Stunde und sah zu, wie die Einen kamen und andere aufbrachen. Das war ein Kommen und Gehen und viele Bilder wurden mit großem Trara geschossen. Er selber fand auch jemand, der ihn am Kreuz stehend fotografierte. Mit einigen kam Willy sogar ins Gespräch. Dabei waren bei weitem nicht alle – so wie er – über den Klettersteig aufgestiegen. Von der anderen Seite bringt eine Seilbahn die Passagiere bequem aus dem Tal nach oben, und von der Bergstation waren es nur wenige Schritte zum Gipfelkreuz. So hatten auch die „Flachlandtiroler" eine Chance in den Dolomiten auf einen 3000er-Berg zu kommen. „Nicht alle sind geborene Bergfexen. Sie sind auch Naturliebhaber und solchen ist auch einmal ein besonderes Bergerlebnis, ein Gipfelglück zu gönnen", fand Willy gönnerhaft. Das erklärte aber auch den Rummel, der rund um das Gipfelkreuz herrschte.

Nach der Pause begab er sich auf den Rückweg und stieg auf der Westseite der Tofana ab. Der Weg führte ihn zunächst über einen mit Fixseilen gesicherten Steig in Richtung Tofana di Dentro. Kurz vor der Scharte folgte er dem markierten Hinweis „Cantore" und erreichte durch sehr steiles, felsiges Gelände und Geröll, einen Kessel auf dem Weg Sentiero Olivieri zurück zur Dibona-Hütte. Von dort an wurde es leichter und er durchschritt sattgrüne Wiesen, die auch zu dieser späten Jahreszeit noch viele bunte Farbetupfer zeigten. Die Natur schien vor dem nahenden Winter nochmals ihre ganze verschwenderische Pracht darbieten zu wollen. Willy verzögerte immer mehr seinen Schritt, wie wenn er den Aufenthalt in dieser einmaligen Landschaft so lange wie möglich hinauszögern wollte, und machte nebenbei zahlreiche Fotos von schönen Motiven.

Überschlägig gerechnet war er an diesem Tag zehn Stunden unterwegs. Nun zog es ihn ins Hotel zurück, wo er duschte, dann fuhr er mit dem Auto nach Cortina d'Ampezzo. In der Fußgängerzone fand er eine einladende Pizzeria, angezogen vom verführerischen Duft, der bis auf die Straße hinaus sich ausbreitete. Das Lokal war am frühen Abend gerammelt voll, doch einen einzelnen Platz, an dem er sich an den Tisch zwängen durfte, fand sich für ihn schon noch. Beim Kellner bestellte er eine Pizza und dazu ein Weizenbier. In Gesprächen mit seinen Tischnachbarn verging die Zeit wie im Fluge, und zum Schluss bekam er sogar noch einen Grappa spendiert.

Nach dem Verlassen des Lokals bummelte er durch die Fußgängerzone, sah sich um und erst nach einer halben Stunde suchte er sein Auto und fuhr zum Hotel zurück. Die Chefin des Hauses empfing ihn persönlich, drückte ihm den Zimmerschlüssel in die Hand und wünschte eine geruhsame Nacht. „Die werde ich finden, ich bin rechtschaffen müde und lege mich gleich aufs Ohr", antwortete er ihr gutgelaunt.

Für den nächsten Tag hatte er sich den Klettersteig zum Lagazuoi vorgenommen. Nach einem wiederum üppigen Frühstück fuhr Willy zum Falzarego-Pass. Dort vom Parkplatz aus wählte er den Aufstieg über den Kaiserjägersteig. Ohne Probleme und für seine Verhältnisse leicht, ging der beschilderte Weg als schmaler Pfad durch lockeres Geröll im Zickzack bergauf. Im felsig-kargen, trockenen Gelände fanden sich nur vereinzelte Blumen. In diesem Gebiet fehlen, wegen mangelnder Niederschläge, die üppigen Almwiesen, die Blumenpracht der nördlichen Alpen oder wie sie in der Nähe im Gebiet des Langkofel und dem berühmten Rosengarten zu finden sind.

Sein Klettersteig-Set war an diesem Tag überflüssig und blieb im Rucksack. Viel wichtiger waren ihm die Wanderstöcke, mit denen er auf dem unebenen Gelände sicherer balancieren und sich bewegen konnte. Über Rinnen und eine Brücke erreichte er das Plateau, von wo er dann über den flachen Gipfelaufbau zum Rifugio Lagazuoi auf 2769 Meter zuwanderte. Dort angekommen, gönnte er sich auf der großen Freiterrasse ein Glas Apfelsaftschorle und beobachtete, während er langsam trank, die vielen „Möchtegerne-Bergsteiger/innen", die auch hier mit der Seilbahn hochschweben und die wenigen Meter für ein Foto zum Gipfelkreuz eilten.

Nach der ausgedehnten Pause und dem Verzehr eines Brötchens, das er sich im Hotel beim Frühstück gerichtet hatte, brach er auf und suchte den Tunneleingang zu den berühmten, langen und weitverzweigten Höhlen, die an kriegerische Auseinandersetzungen zwischen Österreichern und Italienern im Ersten Weltkrieg erinnern. Damals schien man den ganzen Berg schien ausgehöhlt zu haben, und wie er auf den Schautafeln nachlesen konnte, mussten die bedauernswerten Soldaten hier oben viele Monate, teils sogar Jahre und unter primitiven, unvorstellbaren schwierigen – um nicht zu sagen katastrophalen – menschenverachtenden Verhältnissen hausen. In Kälte und Unmengen Schnee im Winter, in der erbarmungslosen Hitze des Sommers, sprengten sich die einstigen Gegner die Felsen regelrecht vor der Nase weg. Zahlreiche Menschen wurden ein Opfer und fanden gewaltsam den Tod. Dabei kamen durch Kälte, Schnee und Lawinen mehr Soldaten ums Leben als durch die Kugeln. In einigen Abschnitten brauchte Willy die Stirnlampe, die er vorsorglich am Helm aufgezogen hatte. Nachdenklich sah er sich in den Ausstellungsbereichen die vielen Exponaten an, kam dabei zum talseitigen Ausgang und nun auf dem relativ kurzen Weg hinunter zum Pass.

Auf dem weitflächigen Übergang, mit der Talstation für die Seilbahn, erinnert ein weiteres Museum an die längst vergangene Zeit der erwähnten Ereignisse. Noch eine Besichtigung ersparte er sich aber; für heute hatte er genug von Grausamkeiten gesehen oder darüber gelesen. Stattdessen suchte er einen freien Tisch vor einem der Geschäfte und bestellte sich einen Cappuccino, sowie ein Stück Kuchen. Während er den Kuchen genüsslich verzehrte, beobachtete er den immensen Verkehr, der an dem schönen, sonnigen Nachmittag über den Pass strömte. Zahlreiche Fahrzeuge kamen vorbei und viele machten einen kurzen Halt. Horden von Motorradfahrern und Radfahrern schienen unterwegs zu sein. Offensichtlich ist es eine beliebte Bergstrecke für Zweiradfahrer. Die engen Kurven und die Steilstrecken geben ihnen den nötigen Kick. Die Geschäfte sind darauf eingestellt und bieten allerhand Souvenirs und den gängigen Kitsch „Made in China".

Oben: Dolomitengipfel im Wolkenkranz Unten: In Cortina d'Ampezzo

Zufrieden und etwas erholt setzte sich Willy hinterher in sein Auto und fuhr auf direktem Weg zum Hotel zurück. Dabei hoffte er, nicht durch Raser unter den Motorradfahrern in Bedrängnis zu geraten. Heute wollte er nicht mehr ausgehen, sondern duschte, legte sich eine Stunde aufs Ohr und schaltete anschließend den Fernseher ein. Zum Abendessen musste etwas aus dem eigenen Vorrat herhalten. Den Abend über wollte er nur seine Ruhe haben und sich früh ins Bett legen.

Für den Mittwoch hatte sich Willy einen kürzeren, leichteren Klettersteig vorgenommen und die Absicht, den Albino-Michielli-Strobel-Klettersteig zu gehen. Für das Frühstück ließ er sich etwas mehr Zeit, packte dann – wie gewohnt – zwei belegte Brötchen ein und nahm zwei von den bereitliegenden Äpfeln mit. Danach legte er seine Sachen ins Auto und fuhr nach Cortina ins Tal hinunter.

Der Klettersteig verläuft an der Westseite des Punta Fiames, etwas weiter hinter dem Ort im Tal. Nach fünf Kilometern schwenkte er auf den Parkplatz beim Albergo Fiames ein. Parkplätze gab es wochentags genug. Zuerst legte er wieder Gurt und Klettersteig-Set an, verstaute die Jacke im Rucksack und prüfte, dass er auch eine volle Wasserflasche dabeihatte. Dann schulterte er den Rucksack und ging zügig los.

Zuerst säumte viel lockeres Geröll den Pfad durch kleinwüchsige Latschenkiefern, und bald war er auch schon am Einstieg. Für den mittelschweren Klettersteig brauchte er kaum eine Stunde bis er oben war. Von dort bot sich ein fantastischer Blick in den Talkessel von Cortina und er nahm sich genug Zeit, das Panorama einige Minuten auf sich einwirken zu lassen. Während er herumlief, verzehrt er eines der Brötchen und bediente sich aus der Trinkflasche.

Der steile Abstieg im Geröll ins Tal war dafür etwas unangenehm, und wieder war Willy heilfroh, Wanderstöcke dabei zu haben, die doch eine gewisse Balance gaben und seine Knie entlasteten. Endlich unten, ging er zum Auto, setzte sich an einer günstigen Stelle in der Nähe nieder und vesperte in aller Ruhe.

Da es ihm immer noch zu früh am Tage war, entschied er spontan, auch noch auf dem Bovero-Klettersteig zum 2144 Meter hohen Col Rosa aufzusteigen. Auch dieser Klettersteig forderte ihn relativ wenig, obwohl immerhin 900 Höhenmeter zu bewältigen waren. Auch hier galt ein Aphorismus von Konfuzius: „Der Weg ist das Ziel." Von oben hatte er dafür einen wunderschönen Blick auf die über 3000 Meter hohen Tofana-Gipfel, wo er auf einem von ihnen schon gestanden hatte.

Fünf Stunden hatte das gedauert, dann war er zurück und nun reichte es ihm für diesen Tag. Nachdem er alles im Auto abgelegt hatte, fuhr er nach Cortina, suchte einen Parkplatz und eine Pizzeria, um zuerst einen Espresso zu trinken und dann eine Pizza zu bestellen. Dazu genehmigte er sich eine Apfelsaftschorle und später einen italienischen Rotwein vom Kalterer See. Nach früheren Negativschlagzeilen hat der Wein aus der Region um den Kalterer See wieder hohe Qualität erreicht. Willy war jedenfalls sehr zufrieden mit dem, was ihm der Kellner geboten und eingeschenkt hatte.

Wie es der Zufall wollte, kam ein Bergführer mit einem Klienten ins Lokal. Diesen Mann, der einen eigenen Bergführer engagiert hatte, kannte er; es war der Vorsitzende eines namhaften Unternehmens, das Daimler Teile lieferte. Mehrfach hatte man sich in der Vergangenheit zu Gesprächen getroffen, sowohl in Rastatt, wie auch am Firmensitz des Vorstandes. Natürlich kamen sie sofort ins Gespräch und tauschten sich über Vorhaben und Aktivitäten aus, bis das Essen serviert wurde und sie ihre Plätze im übervollen Restaurant einnahmen.

„Ich habe diese Tage hier in Begleitung eines erfahrenen Bergführer dringend gebraucht, um hoffentlich dadurch von einem traumatische Erlebnis wegzukommen, das ich im Juli hatte", erzählte der Bekannte. „Was war passiert, wollen sie darüber reden?, hackte Willy nach.

„Mit zwei Bergkameraden war ich am Mont Blanc unterwegs. Nachdem wir uns drei Tage im Auf und Ab akklimatisiert hatte, überachtete wir im spektakulär gelegenen, futuristisch aussehenden Refuge du Gouter. Sehr früh am Morgen sind wir von da aus losgegangen, einen langen Gipfeltag vor uns. Anfangs ging es gut, vorbei am Dome du Gouter stiegen wir über weite Schneehänge auf zum Vallot-Biwak auf 4362 Meter und wollten weiter den Bosses-Grat hinauf bis zum Gipfel. Das Wetter hatte aber nach Stunden plötzlich umgeschlagen und es wurde extrem kritisch. Zum Glück hatte wir uns schon zur Umkehr entschieden, wenngleich es allen von uns sehr leidtat und wir uns über die Situation mächtig ärgerten; Sicherheit ging nun aber einmal vor. Die Passagen waren gefährlich glatt geworden und wir kamen nur sehr langsam und mit größter Mühe voran. Auch andere waren, gleich wie wir, umgekehrt und auf dem Rückweg. Plötzlich rauschte von oben eine Person an mir vorbei und verschwand in der Tiefe. Ich hätte nach ihr greifen können, so nah war das. Von weiter oben hörten wir entsetztes, hysterisches Schreien. Wie erstarrt mussten wir uns erst einmal vergegenwärtigen, was da gerade passiert war. Bald kamen von oberhalb drei Personen abgestiegen und der eine schrie: ‚It's my wife, it's my wife!' Sie, eine Engländerin, war abgestürzt und der Leichnam erst viel später tot geborgen. Der Vorfall ging mir richtig an die Nieren. Wir mussten nach der längeren Schreckphase trotzdem weiter und erreichten mit letzter Kraft die Seilbahnstation. Ich durfte meiner Frau hinter nicht die volle Wahrheit sagen und verraten, in welcher kritischen Lage wir uns tatsächlich befunden haben, sonst hätte sie mich nie mehr in die Berge gehen lassen."

„Das kann ich gut verstehen, ich glaube, das hätte mich auch nicht kaltgelassen", gab sich Willy mitfühlend. Das sind die tragischen Ereignisse, von denen hinterher die Medien landesweit berichten und lamentieren, wie gefährlich doch die Berge sind. Dabei passiert auf den Straßen in die Berge mehr und es kommen mehr Menschen dabei ums Leben. Warum bist du aber nun hier in den Dolomiten, um davon weg zukommen?" „Ja, die Sache war so, sie verfolgte mich weiter in meinen Träumen und schweißgebadet wachte ich danach auf, weil ich die unglückliche Frau im Sturz nicht zu fassen bekam. Das ist zwar Unsinn, das war gar nicht möglich, ich wäre am Ende sonst eventuell noch mit abgestürzt. So erhoffe ich mir bei der anspruchsvollen Klettereien hier an den steilen Felsen, dass ich innerlich von dem Drama wegkomme."

Anspruchsvoll waren die Klettereien mit dem Bergführer offensichtlich, denn man sah einige seiner Finger getapte, weil er sie an den Felswänden schon wundgescheuert hatte.

Sie unterhielten sich noch eine Weile über dies und das, der eine trank sein Weizenbier, der andere Rotwein. Beim Aufbruch war 21 Uhr schon vorüber. Freundlich verabschiedeten sie sich und Willy wünschte dem Geschäftspartner erfolgreiche, spannende Klettereien und eindrückliche Erlebnisse in dieser einmaligen Bergregion, dazu noch ein „Berg Heil" und keine Vorkommnisse mehr der „anderen Art".

Es war spät an diesem Abend, als Willy, vom Stadtbesuch zurück ins Hotel kam. Trotzdem unterhielt er sich nach der Ankunft noch eine Weile mit der attraktiven Tochter der Hotel-Besitzerin, die ihm gern einige Tipps für weitere Unternehmungen in der Umgebung gab. Danach zog er sich in sein Zimmer zurück und legte sich schlafen. Sofort schlief er ein und niemand störte ihn, weder schnarchend noch durch polternde Toilettengänge, es war ruhig und still im Haus.

Für seinen letzten Tag in den Dolomiten wählte Willy den anspruchsvollen Lipella-Klettersteig auf den Tofana di Rozes, auch 3225 Meter hoch. „Das verspricht noch einmal eine interessante, anstrengende Partie zu werden", freute er sich darauf.

Wieder versuchte Willy so früh wie möglich aus dem Hotel zu kommen und hatte an diesem Tag sogar etwas mehr Glück. Die Hotelbesitzerin servierte im schon kurz nach 7 Uhr den Kaffee und das Buffet wartete auch mit einem üppigen Angebot. Für den Tag packte er sich zusätzlich, wie gewohnt, Brötchen ein und bediente sich am bereitliegenden Obst. Damit meinte er sich für den Tag gut versorgt zu haben. Natürlich hatte er auch zwei Flaschen Wasser abgefüllt und im Tagesrucksack verstaut. Für ihn war das Leitungswasser qualitativ gut und die fehlende Kohlensäure verursachte ihm keine Blähungen.

Ausgangspunkt war wieder das Rifugio Dibona auf 2037 Meter, wohin er auf der Straße zum Falzarego-Pass anfahren konnte. Vor dem Start folgten die üblichen Rituale, dann erreichte er in etwa einer Stunde den Einstieg zum Klettersteig. Zuerst erwartete ihn hier ein steil aufwärts führender Tunnel, auch so ein Überbleibsel aus dem Ersten Weltkrieg. Hierfür war die Stirnlampe nützlich. Nun wechselten sich in lockeren Abständen mit Seilen gesicherte Aufstiege, Leitern und Bänder ab.

Auf halber Höhe kam er in eine flachere Passage und dort pausierte er, nachdem er sich zuvor nur kurze Trinkpausen gegönnt hatte. Inzwischen hatte sich aber sein Magen bemerkbar gemacht und forderte Nachschub für den stundenlangen hohen Energieverbrauch.

Links und rechts des Pfades sah er überall der Höhe angepasste Alpenblumen, die kleine Inseln wie bunte Teppiche zwischen dem für die Dolomiten typischen Kalkgestein bildeten. Die Schönsten hielt er mit der Handykamera fest. Immer wieder erfreuten ihn solche Kleinode der Natur und dazu das atemberaubende Panorama der umgebenden schroffen Kalkformationen. Ein paar schöne handliche Steine mit Calcit-Kristallen befanden sich schon in seinem Rucksack, die er als Andenken mit nach Hause nehmen wollte.

Nachdenklich verzehrte Willy auf einem flachen, sonnigen Platz seine belegten Brötchen und beendete die Mahlzeit mit einem Apfel zum Nachtisch. Für den restlichen Nachmittag blieben ihm im Rucksack noch eine Banane und zwei Müsliriegel als eiserne Reserve, und Wasser, das sollte genügen. „Ich habe für alles gut vorgesorgt", sagte er selbstzufrieden.

Gestärkt machte er sich auf den weiteren Weg und erreichte im Laufe des Nachmittags den Gipfel des 3225 Meter hohen Tofana di Rozes. Dabei hatte Willy an diesem Tag 1500 Höhenmeter im Aufstieg hinter sich gebracht und das in einer relativ guten Zeit. Das mächtige Kreuz stand noch ein wenig erhöht auf einem Steinsockel. Ein zur gleichen Zeit mit ihm auf dem Gipfel angekommener Kletterer war bereit, von ihm ein Bild zu schießen, wie er auf dem Steinsockel ans Kreuz gelehnt stand und siegesbewusst ein V-Zeichen mit erhobener Hand anzeigte.

Im Abstieg kam er unerwartet in eine kritische Situation. Plötzlich hörte es dumpf poltern und schon schossen die ersten

Steine an ihm vorbei. Geistesgegenwärtig brachte er sich eng an die Felsen gepresst unter einem schmalen Übergang in Sicherheit, währen von oben die Steine prasselte und weiter unten dumpf aufschlugen und teils zerplatzen. „Ui, das war eng, dammi nochmal!", fluchte er. Einen besonderen Grund für den Felsabgang konnte er nicht erkennen. Über ihm sah er weder Mensch noch Tier.

Im Rifugio Guissanni musste er sich dringend von seinem Schock erholen, berichtete davon und trank auf den Schreck einen Cognac, und inzwischen hatte er auch das Bedürfnis nach einem doppelten Espresso. Freudig stellte er fest, hier wurde spezielles süßes Gebäck angeboten; Eigenkreationen der Hüttenwirtin. Dem konnte er nicht widerstehen und ließ sich zwei Stücke geben, die ihm hervorragend mundeten. Gegen 17 Uhr war Willy zurück beim Auto und fuhr zum Hotel. Nach dem langen, anstrengenden Tag tat ihm hinterher eine warme Dusche richtig gut, da war das unerfreuliche, gefährliche Erlebnis beinahe schon vergessen.

Entgegen seiner Gewohnheit: „In den Bergen wäscht man sich nicht", hatte Willy die Annehmlichkeiten des Hauses doch zu schätzen gelernt und mehr für seine Körperpflege getan, als er es sonst für nötig ansah. „Das ist im Preis inbegriffen, das habe ich alles bezahlt, warum soll ich es nicht nützen?", so seine Rechtfertigung über so viel Luxus. Zum Abendessen holte er nach, was er vor Tage vorgenommen hatte, er ging zu Fuß in das etwas oberhalb liegende Restaurant, speiste dort vorzüglich und hatte am Ende den zusätzlichen Fußweg keinesfalls bereut.

Zur üblichen Frühstückzeit war Willy am nächsten Morgen im Gastraum, trank zwei Tassen Kaffee, ließ sich zwei Brötchen schmecken und packte zwei weitere für unterwegs ein, dazu auch vom bereitliegenden Obst. Das sollte seine Wegzehrung für den Tag sein. Anschließend bezahlte er die Rechnung, verabschiedete sich von der netten Hotel-Chefin, fuhr los, aber noch nicht nach Hause. Zuerst gedachte er einen Abstecher nach Bozen zu machen, der Landeshauptstadt von Südtirol.

Auf der kurvigen Straße herrschte auffallend viel Verkehr, infolgedessen brauchte er drei Stunden bis in die Stadt. Nur außerhalb fand er erst nach längerem Suchen noch einen freien Parkplatz, was ihn nicht sonderlich störte. Er begab sich zu Fuß in die Innenstadt, kam am Denkmal des „Walther von der Vogelweide" vorbei und schlenderte durch die romantischen Gassen der Altstadt. Beeindruckend für ihn waren die Fassaden mit den charakteristischen Erkern. Das Ötzi-Museum hätte er gern auch aufgesucht, es hatte aber an diesem Tag geschlossen, was er etwas bedauerte. Das hätte ihn wirklich interessiert. Dafür setzte er sich am Rande des weitläufigen Platzes in ein Café, nahe des vorerwähnten Denkmals und bestellte sich einen großen Becher italienisches Eis mit vielen Früchten.

Nach dieser Exkursion in die Südtiroler Geschichte und Kultur, war es genug an Kultur, nun war es Zeit für den weiten Heimweg. Nach einer halben Stunde Fahrt hielt er an einem Parkplatz und verzehrte eines seiner Brote. Dann klappte er den Sitz nach hinten und ruhte eine Stunde. Hinterher fühlte er sich fit genug für den Rest der Strecke.

Auch bei der Rückreise nahm er die Verbindung über den Brenner, an Innsbruck vorbei und auf die deutsche Seite nach München und Stuttgart. Wider Erwarten brauchte er vom Brenner bis nach Haueneberstein diesmal geschlagene 7 Stunden Fahrtzeit. Das war ihm ewig vorgekommen. Zu seinem Leidwesen war der Verkehr nach Ulm sehr zähflüssig geworden und zwischen Ulm und Stuttgart staute es sich erstmals und dann wieder bei Leonberg. Das war nervig und nur im stop-an-go war er zeitweise vorwärtsgekommen, was nicht nur lästig war, es ermüdete ihn zunehmend sehr. So kam es, dass er länger wie üblich unterwegs sein musste und es schon dunkelte, bis er sein zu Hause betreten durfte, wo er sich erschöpft in den Sessel sinken ließ.

Trotzdem war Willy mit diesen Tagen mehr als zufrieden. „Ich habe viel gesehen, das war sehr abwechslungsreich." Sowas baute ihn wieder auf und noch mehr freute es ihn, keinen Tag für irgendjemand Verantwortung getragen zu haben, dass er keine Rücksicht auf irgendwen und irgendwelche Befindlichkeiten hatte nehmen müssen. Einfach nur unterwegs sein, die Natur, die Berge genießen, das war es, was er nun schätzte. Nebenbei war auch noch das Wetter beständig geblieben; oder traumhaft, wie seine Touren es waren.

Impressionen der grandiosen Dolomitenlandschaft

6

Begegnung mit König Ortler

Nach den erlebnisreichen Touren auf Klettersteigen in den Dolomiten war für ihn die aktuelle Bergsaison gelaufen. In den restlichen Monaten des Jahres wanderte Willy wieder überwiegend in heimatlichen Gefilden, im Nordschwarzwald, in der Pfalz, auch mal in den Vogesen und sogar am Albtrauf der Schwäbische Alb Rund um die Burg Teck. Erst Anfang Januar fiel genügend Schnee. Da packte er seine Langlaufski ins Auto und fuhr nach Herrenwies oder zum Seibelseckle, um sich dort auf die immer gut gespurten Loipen zu begeben.

Seit Jahren wurden im Nordschwarzwald in privaten Initiativen von Herrenwies aus die Loipen gespurt. Dafür erhob der Betreiber eine geringe Gebühr für die Loipen-Benutzung, wobei der Gast neben der Tageskarte eine Saisonkarte erwerben konnte. Natürlich erwarb Willy gleich zum Beginn die Saisonkarte und hoffte zuversichtlich, dass lange genug ausreichend Schnee liegen würde, damit sich die Gebühr bis ins Frühjahr auch amortisierte.

Die wöchentlichen Wanderungen und der Langlauf im Winter, sicherten Willy seine gute Kondition, die er in der Sommersaison in den Bergen brauchte. Vom Abfahrtslauf auf den Hängen und dem Rummel im Skizirkus des Schwarzwaldes oder in den Alpen hielt er dagegen nichts. Mit Grausen sah er samstags oder sonntags die Skifahrer am Seibelseckle oder auf Unterstmatt einen Parkplatz suchen, und hatten sie endlich ein Plätzchen gefunden, dann waren sie durchweg zwei Kilometer und weiter mit Skischuhen an den Füßen unterwegs, bis sie endlich am Lift waren. Dort standen sie dann noch eine halbe Stunde in der Schlange. Nein, das war ganz und gar nichts für den ungeduldigen Willy, da suchte er stattdessen lieber die Ruhe auf den Langlaufloipen – und diese waren für ihn im Nordschwarzwald durchaus Herausforderung genug.

Monate gingen bei ins Land. Sobald nicht mehr so viel Schnee in den tieferen Alpenregionen lag, machte er wiederholt an den Wochenenden einen Ausflug in die Berge, fuhr ins Montafon oder zum Säntis. Gerade das Säntis-Massiv hatte es ihm angetan. In vielen Bereichen waren auf kurze Entfernung sehr viele Höhenmeter zu bewältigen. Das war so richtig in seinem Sinne, sich für größere Unternehmungen auf höhere Berge fit zu laufen.

Einmal zog es ihn zum Hohen Kasten und weiter auf schmalem leichten Pfad an den Kreuzbergen vorbei zum 2502 Meter hohen Säntis. Dabei bestieg er auf dem Weg dorthin auch noch den zweithöchsten Berg, den 2436 Meter hohen Altmann, übernachtete im Berggasthof Rotsteinpass und wählte dann am anderen Tag die Route über den Lisengrat zum Säntis. Von da aus folgte er dem Weg zum Schäfler und über Ebenalp ins Tal.

Die Alpenrosen standen gerade in voller Blüte und die Almweiden im satten Grün. Auf der westlichen Seite des Berges öffnete sich sein Blick weit ins Hinterland und bis hin zum Bodensee. An beiden Tagen umspielten zeitweise immer wieder

Wolken die Gipfel und schafften eine eigentümliche, romantische Stimmung. Es blieb aber zum Glück jeden Tag trocken und die Sicht war ausreichend gut.

Ein anderes Mal startete Willy in Wasserauen und begab sich, vorbei am Wildkichli, über Ebenalp zum Schäfler, von da zum Säntis, wo er im Berggasthof Alter Säntis übernachtete. Abgestiegen ist er am nächsten Tag über den Lisengrat und erfreute sich unterwegs an den atemberaubenden Tiefblicken ins Appenzeller- und Toggenburger Land. Vom Rotsteinpass wanderte er in drei Stunden das Tal hinaus am Seealp-See vorbei zur Meglisalp, dann zum Startpunkt, wo sein Auto stand. Heim ist er am Bodensee entlang gefahren, vorbei an Singen, Rottweil und das Kinzigtal hinaus nach Hause.

Immer wieder begegneten ihm Menschen, mit denen er kurz ins Gespräch kam. Willy war aber auch ganz froh, wenn er zwischendurch auf niemand traf und er mit keinem reden musste. Die abwechslungsreiche Landschaft genügte ihm völlig und er konnte ungestört seinen Gedanken nachhängen. Gerade in diesem Teil der Voralpen im Säntis-Massiv und in mittlerer Höhe, da fühlte er sich wohl. Das waren für ihn die erholsamen Wochenenden und Highlights im sonst stressigen Alltag.

Leider bleib ihm die letzte Tour am Säntis nicht in guter Erinnerung. Am dritten Tag war er nach einer längeren Runde am Schäfler angekommen. Auf einer der vielen Trittstufen stolperte er unglücklich und viel längelang hin. Dabei zerbracht ihm das Glas der Kunststoffbrille und schnitt ihm eine klaffende Wunde in die Stirn. Höhenbedingt und infolge des anstrengenden Marsches zuvor, angeregten Kreislauf, blutete die Wunde sehr stark, was er mithilfe von Papiertaschentüchern zu stoppen versuchte. Sofort waren freundliche Helfer da und brachten Willy auf die Füße, doch er setzte sich erstmal wieder nieder. Nach kurzer Erholung von dem Schrecken nahm er sein Verbandspäckchen aus dem Rucksack und klebte mehrere Pflasterstreifen auf die Wunde. So zart besaitet war er nicht, dass man aus so einer Lappalie eine Staatsaffäre machen musste. Kaum war das erledigt, kam der Hüttenwirt und schimpfte: „Nein, so geht das nicht, das muss ärztlich versorgt werden. Der Hubschrauber ist schon unterwegs." In wenigen Minuten war der – mächtig Staub aufwirbelnd – gelandet, von zahlreichen Zuschauer beobachtet, die das Spektakel neugierig verfolgten. Fast mit Zwang brachten Sanitäter Willy in den Helikopter und in wenigen Minuten landete er auch schon beim Kantonsspital St. Gallen. Bis zur Landung war es Willy noch nicht gelungen, vollständig alle Angaben zu seiner Person auf einem Formular zu notieren. Eine junge Ärztin nähte die Wunde mit ein paar Stichen. Das war's dann. „Wegen sowas ist jetzt noch niemand mit dem Hubschrauber gekommen", meinte sie süffisant lächelnd. „Bigott aber au, ich glaub der Hüttenwirt kassiert Provision für den Hubschrauber", entschuldigte sich Willy. Später wurde ihm aber bestätigt, dass es so besser war, denn es blieb eine kaum sichtbare Narbe zurück.

Der Hubschraubereinsatz und die ärztliche Versorgung kosteten jedoch 2800 Schweizer Franken, die er berappen musste. Zudem brauchte er auch noch ein Taxi, das ihn nach Wasserauen brachte, wo sein Auto stand. Nach langem hin und her erstattete schließlich der ADAC, bei dem Willy eine Versicherung für das Auto mit Auslandsschutz abgeschlossen hatte, die Kosten. Der Alpenverein, bei dem er als Mitglied auch versichert ist, zahlt nur, wenn es keinen anderen Versicherungsträger gibt, erfuhr er so nebenbei. Das Verfahren dauerte allerdings ein dreiviertel Jahr, bis das Geld wieder auf seinem Konto war.

Während eines anderen Wochenendes stieg er von Alpnach-Dorf bei Luzern aus auf den Pilatus und übernachtete im Pilatus-Kulm auf 2070 Meter. Das nächste Mal fuhr er nach Kandersteg in die Schweiz und bezwang die rund fünfhundert Höhenmeter im exponierten Klettersteig zur Allmenalp. Sehr früh war er in Baden-Baden losgefahren und spät in der Nacht kam er nach Hause. Das war ihm tatsächlich an einem Tag, einschließlich Hin- und Rückfahrt gelungen und nur möglich geworden, dank bester Kondition und ausreichend Fitness.

Schließlich wurde es Zeit für ein größeres Vorhaben, mal wieder die Nase in den Wind zu halten, würzige Bergluft zu schnuppern. Anfang August hatte sich Willy vorgenommen wieder einmal nach Südtirol zu fahren und den Ortler auf der Normalroute zu besteigen. Dafür hatte er extra für den Freitag und Montag Urlaub eingereicht.

Schon um 2 Uhr in der Nacht verließ Willy das Haus und fuhr bei Rastatt auf die Autobahn. Um diese Zeit war noch wenig Verkehr und er kam ohne Behinderung, Staus oder anderem Stress bis Ulm. Dort bog er auf die B 10 ab, fuhr durch die Stadt und hinterher auf die A 7 in Richtung Lindau. In der Raststätte Allgäuer Tor pausierte er zwanzig Minuten. Nebenbei besorgte er sich das Pickerl für die österreichische Autobahn. „Es ist schon unverschämt, wie heute der Autofahrer abkassiert wird. Der Benzinpreis steigt und steigt und dann wird auch noch überall eine Maut kassiert", schimpfte er laut hinter dem Lenker. „Es ist ja nicht mit dem Pickerl getan. Der Arlbergtunnel kommt und da muss ich auch bezahlen; überall wird nur abkassiert. Man verwechselt den Autofahrer anscheinend mit einer Melkkuh."

Was half da sein innerer Protest. Wollte er auf vernünftigen Wegen ans Ziel gelangen, musste er wohl oder übel in den sauren Apfel beißen und den Geldbeutel öffnen. Beim Sinnieren über die hohen Autokosten im Allgemeinen und die Steuern im Besonderen, war schon an Lindau vorbei und fuhr Richtung Pfändertunnel, passierte Feldkirch und erreichte Bludenz, wo er die Abzweigung zum Arlberg wählte.

Vor Landeck legte Willy eine weitere Pause ein und vertrat sich eine wenig die Beine. Bei Rifenal hielt er rechts in Richtung Reschensee und überquerte am Pass die Grenze nach Italien, und lag das liebliche Vinschgau vor ihm, einem wahren Obstparadies. Während der Fahrt sah er bald rechts den Reschensee und auffallend ist am südlichen Ende ein Turm, der etwas draußen freiragend einfach so im Wasser steht. Es ist ein Relikt, Überbleibsel des Dorfes, das beim Fluten im Stausee versank. Nur der Turm erinnert noch an den Ort, an dessen einstige Bewohner, die dem technischen Fortschritt ein Opfer bringen mussten und die an die Vergänglichkeit. Für Touristen bietet das ein beliebtes Fotomotiv.

Auf engen Landstraßen und grünem Tal, links und rechts mit Obstbäumen gesäumt und umgeben von nicht so hohen Bergen, kam Willy über Schluderns nach Sulden, am Fuße des majestätischen Ortlers. Zur Mittagszeit war er dort, gerade richtig, dass er etwas zu sich nahm und eines seiner Brote verzehrte. Im Ort fand er das Hotel Eller, wo er sich auf der Terrasse niederließ einen Cappuccino bestellte. Die halbe Stunde hatte ihm gut getan und reichte zur Entspannung von der weiten anstrengenden Fahrt. Nun aber drängte es ihn auf den Weg. Zuvor vergewisserte er sich sorgfältig, ob die Steigeisen und der Eispickel gut am Rucksack befestigt waren, und dass er alle nötigen Utensilien auch eingepackt und dabei hatte.

Der Ort liegt auf rund 1850 Höhenmeter und sein erstes Etappenziel war die Tabarettahütte auf 2556 Meter. Der Steig Nr. 4 war eigentlich unschwer und führte anfangs durch einen schattigen Zierbelkieferwald, danach kam er in Moränen- und Grashänge mit alpinen Pflanzen und Blumen durchsetzt. Zu schaffen machten Willy jetzt weniger die Höhenmeter, sondern mehr die Hitze in der südlichen Mittagssonne, die unmittelbar auf den Hang brannte und die Felsen zusätzlich aufheizte. „Ich komme mir wie in einem Backofen vor", stöhnte er.

Unterwegs, direkt am Fuße des Ortlers, traf er plötzlich auf einen mächtigen Felsblock, der wohl einmal bei einem Steinschlag hier zum Liegen kam. Viele Gedenktafeln am Felsen erinnern heute die Wanderer an Bergsteiger, die in der auf der linken Seite hoch führenden Trafoi-Eisrinne ihr Leben verloren haben. Diese exponierte Rinne lockte in der Vergangenheit immer wieder Extremkletterer an, auf dieser steilen Route den Ortler zu bezwingen, und dabei sind sie permanent gefährlichem Eis- und Steinschlag ausgesetzt. Nicht wenige haben diese Herausforderung mit dem Verlust des Lebens bezahlen müssen.

In rund zwei Stunden vom Ort aus war Willy, der „Lone Wolf" an der Tabarettahütte. Hier schnaufte er durch und war fürs Erste froh, denn längst schon hatte er sich nach einer Pause und besonders nach kühlendem Schatten gesehnt. Auf der Außenterrasse fand Willy einen freien Platz unter einem ausladenden Sonnenschirm. Gleich holte er sich eine Minestrone, eine italienische Suppe, die er gut würzte und die ihm fehlende Flüssigkeit zurückgab. Sein Wasservorrat hatte deutlich abgenommen, deshalb ließ er Leitungswasser nachfüllen und trank noch ein großes Glas Apfelsaftschorle hinterher, bevor er wieder aufbrach, um die letzte Wegstrecke und noch rund 500 Höhenmeter zur Payerhütte unter die Füße zu bringen.

Der Aufstieg im felsigen Gelände mit viel losem Geröll nahm noch einmal eineinhalb Stunden in Anspruch. Dafür entschädigten bizarre Fenster und Felsendurchblicke, die einen

Blick in das mit Wald bewachsene Tal ermöglichten, oder er sah fragile Felsengebilde, hoch aufgetürmt, die den Eindruck erweckten, dass sie jederzeit einzustürzen drohten. Auf einer hohen Felsnadel stand ein kleines Kreuz, und Willy wunderte sich, dass sich da überhaupt jemand hoch getraut hatte. „Das muss eine verdammt waghalsige Aktion gewesen sein, dort oben ein Kreuz zu befestigen", er schüttelte nur seinen Kopf.

Dann war er endlich und glücklich am Ziel und auf 3029 Meter, ging zur Anmeldung und buchte die Übernachtung mit Halbpension. „Wo willst du denn hin?", stellte der Hüttenwirt die unnötige Frage. „Na wohin wohl, wenn ich den steilen, beschwerlichen Weg hier hochkomme?", antwortete Willy mit säuerlicher Miene, „auf den Ortler natürlich!" „Die Route ist technisch nicht allzu schwierig aber nach der Biwakschachtel geht es über den Gletscher und im Aufstieg zum Gipfel sind viele, oft verdeckte tückische Spalten. Da sollte man sich nicht alleine bewegen, sondern am Seil gesichert gehen", erwiderte der Wirt „Ich mache mir keine Sorgen, ich kenne den Weg gut von einer früheren Besteigung", sagte Willy. „Du musst wissen, was du tust", gab der Hüttenwirt kurz angebunden zur Antwort und damit war für ihn die Sache erledigt.

Der Tag war für Willy lang geworden, weil er sehr früh aufgebrochen war. Bei seiner Ankunft in der Berghütte war 19 Uhr schon vorüber. Zuerst hielt er sich noch eine kurze Zeit außerhalb der Hütte auf, dann wurde es merklich kühler und niemand blieb mehr im Freien. Um Mitternacht zeigte das Thermometer auf dieser Höhe Minus 3 Grad an und um fünf Uhr morgens war es nicht wärmer. Um diese Zeit verließ Willy sein Nachtlager und packte nur das ein, was er den Tag über unbedingt benötigen würde. Den Rest deponierte er in einer mitgebrachten Plastiktüte im Haus. Da er nach der Gipfelbesteigung hierher zurückmusste, war es unnötig, überflüssiges Gepäck mitzuschleppen.

Inzwischen stand das Frühstück auf dem Tisch und Willy war davon sichtlich enttäuscht. Außer zwei Scheiben trockenem Brot gab es nur eine dünne Marmelade. Notgedrungen musste er sich zwei Doppelbrote mit Käse und Wurst belegt bestellen und dafür extra bezahlen, damit er tagsüber etwas zu essen hatte. Sein Vorrat an Müsliriegeln und einer Tafel Ritter Sport Halbbitter reichte dafür nicht aus. Das spärliche Vesperpaket kostete ihn extra 5 Euro und selbst heißes Wasser für den Tee musste er zusätzlich bezahlen. „Das ist ein miserabler Service; typisch Italien eben", dachte Willy etwas enttäuscht, „reine Abzockerei." Wie mühsam es ist, jedes einzelne Stück, alle Lebensmittel und der nicht geringe Getränkebedarf zu beschaffen, dachte er nicht. Alles muss aus dem Tal mit dem Hubschrauber auf die Höhe transportiert werden. Das geht ins Geld und muss irgendwie in der kurzen Saison wieder reinkommen.

Kurz nach 5.30 Uhr verließ er mit vielen anderen das Haus. Inzwischen war es fast schon hell, sodass er auf seine Stirnlampe verzichten konnte. Zügig schritt Willy voran und überholte immer wieder einzelne Gruppen. Nach einem flacheren Teil, dem „Felsenweg", kam ein steil aufragender Felsaufbau, das sogenannte „Wandl". Diese mit Ketten und Aufstiegshilfen gesicherte Fels-Partie ist im Aufstieg der eigentlich schwierigste Teil, wenn man einmal von der Höhe absehen will. Für Willy bedeutete diese Stelle keine besondere Herausforderung. Im Gegenteil, er bediente sich nicht immer der vorhandenen Aufstiegshilfen und kam so schneller vorwärts und überholte andere Kletterer, die sich hier etwas schwerer taten.

Nach dieser Klettereinlage ging es weiter über Felsen und Traversen. Linkerhand stand das Lombardi-Biwak, das manche heimlich für die Übernachtung nützen, weil sie dann morgens schneller oben sein wollen. Eigentlich ist das nur im Notfall gestattet, aber wer sollte die unberechtigte Nutzung kontrollieren? Den ungefährlichen Platz nütze Willy für die erste Trinkpause, bis es ihn weitertrieb. Kurz oberhalb betrat er das Schneefeld des Gletschers. Dort legte er Steigeisen an und nahm den Eispickel in die Hand. Schon sah er auch die ersten Spalten, über die er mit einem weiten Sprung hinweg musste. Da es in den letzten Tagen aber nicht geschneit hatte, war die Aufstiegsspur gut erkennbar und so konnte Willy jede Spalte rechtzeitig ausmachen und an der geeigneten Stelle überwinden. „Sollte es irgendwo zu heikel werden, finde ich sicher jemand, der mich kurz ins Seil nimmt", hatte er sich zu seiner eigenen Beruhigung ausgerechnet.

Es ging in einen steilen Hang im 35-Grad-Bereich über, bevor der letzte Teil zum Gipfel wieder flacher wurde. Seilschaft um Seilschaft sah er oberhalb dem Gipfel zustreben und wenn er nach unten blickte, kamen ein Dutzend noch nach. Die prophezeite stabile Hochdrucklage hatte offensichtlich mehr Menschen wie üblich an den Berg gelockt.

Nach fünfeinhalb Stunden reiner Gehzeit legte Willy zum Gipfelkreuz hin die letzten Meter zurück. Natürlich hatte er unterwegs Verschnauf- und Trinkpausen einlegen müssen und zwischendurch auch ein Brot gegessen. Diesmal hatte er sogar eine Flasche Coca-Cola in Etappen geleert, ein Getränk, das er allgemein nicht schätzte, ihm in diesem Falle aber einen zusätzlichen Energieschub verschaffte. Jetzt stand er am Gipfelkreuz auf 3905 Meter Höhe und war überglücklich, diese anspruchsvolle Besteigung im Alleingang bewältigt zu haben.

Die erhebliche Höhe von fast 4000 Metern hatte ihm am Ende zu doch gewisse Schwierigkeiten bereitet. „Willy", sagte er sich, „du bist nicht mehr der Jüngste, mach dir nichts vor. Solche Anstrengungen werden dir nicht mehr lange möglich sein. In meinem Alter sind nicht mehr viele in der Lage, so eine Herausforderung zu meistern. Von meinen Kollegen in der Firma könnte ich keinen nennen", dachte er ein wenig selbstzufrieden. „Die reißen schon entsetzt die Augen auf, wenn ich von Wanderungen über mehr als zehn Kilometer spreche."

Der 360-Grad-Panoramablick vom höchsten Berg in Südtirol, nahe dem Gipfelkreuz und im ewigen Eis, war einfach traumhaft und überwältigend. „Wo bin ich dem Himmel so nahe wie hier", dachte er unwillkürlich. Das entschädigte ihn für die Mühen des schweißtreibenden Aufstiegs. Vor ihm lagen fast greifbar der Mont Blanc und die vielen anderen, der über die 4000er-Meter-Marke aufragenden Berge. Der Himmel war wohl etwas leicht getrübt, aber die Sicht ausreichend gut und es sah nicht nach einem Gewitter aus. Die Temperatur empfand er ganz erträglich; kein unangenehm kalter Wind war zu verspüren. Bei diesen günstigen Bedingungen, konnte er getrost eine Mittagsrast im Windschatten des Gipfels einlegen, sein letztes Brot essen und viel trinken. Flüssigkeit ist in dieser Höhe wichtig, damit sich das Blut nicht zu sehr verdickt. Sich ein wenig ausruhen, bevor er abwärts wollte, tat auch gut und bei dieser Gelegenheit sah Willy den ankommenden Gipfelstürmern zu, darunter erstaunlich viele Frauen, sah in ihre glücklichen Gesichter, trotz der Anstrengung, die hinter ihnen lag. Wollte man spöttisch sein, würde man sagen: „Da sahen welche wirklich alt aus." Beim Ritual „Berg Heil", war allen anzumerken, dass man sehr erleichtert war, endlich da, endlich am Ziel zu sein. Da hörte man bildlich gesprochen, „die Steine der Erleichterung vom

Herzen poltern." Immer mehr trafen nach und nach ein und nicht wenige Personen von ihnen, die augenscheinlich auf dem „Zahnfleisch" ankamen, sprich, am Ende der Kräfte schienen.

„Hoffentlich machen die lange genug eine Pause, damit sich der Körper erholen kann", dachte Willy aus Erfahrung, „jeder muss auch noch wohlbehalten unten in der Hütte ankommen, darf nicht schlapp machen, und abwärts geht es sich es in der Regel im weich gewordenen Schnee nicht leichter."

Eine Dreiviertelstunde hatte sich Willy Zeit genommen, dann entschloss er sich zum Rückweg. Die Sonne hatte zwischenzeitlich den Schnee sehr aufgeweicht. Die Spur war sulzig und er sank bei jedem Schritt tief ein. Das kostete, wie er es befürchtet hatte, zusätzliche Energie. Der Schweiß trat ihm aus allen Poren und lief ihm in die Augen. Dabei musste er auf dem Gletscher wieder die lästige Gletscherbrille tragen, während ihm der Schweiß unangenehm in den Augen brannte. Dessen ungeachtet stieg er in der gleichen Spur abwärts, wie er hochgekommen war, und es ging am Ende alles gut. So gegen 16.30 Uhr traf er wieder an der Payerhütte ein.

Zuerst holte er sich am Ausschank ein großes Glas Apfelsaftschorle und trank es ohne abzusetzen leer. Sein Durst war enorm, die Kehle fühlte sich wie ausgetrocknet an. „Das muss mit der Höhe und der Wärme zu tun haben, der Körper braucht unglaublich viel Flüssigkeit, ohne dass man es merkt", seine Erklärung dafür. „Solchen quälenden Durst habe ich Gott sei Dank selten." Im zweiten Schritt holte er seine restlichen Sachen, die er morgens deponiert hatte und packte sie in den Rucksack. Es schien ihm noch zu früh, um hier in der Hütte zu bleiben und den langen Spätnachmittag und Abend untätig rumzusitzen. Da oben gab es so gut wie keine Abwechslung, wenn man von der weiten Sicht einmal absah. Außerdem war das Haus an diesem

Tag genauso überfüllt und völlig ausgebucht, jedoch wenig einladend. Sogar das Hüttenpersonal gab sich unfreundlich und abweisend. „Das kommt zum Glück sehr selten vor", nahm Willy diesen unerfreulichen Umstand schließlich gelassen.

Frühzeitig genug war es noch, daher entschloss er sich zum Weg nach unten, mit der Absicht in der Tabarettahütte zu übernachten. „Auf diese 500 Höhenmeter kommt es heute auch nicht mehr an, und der Weg geht auf festem Boden nur abwärts, da läuft es sich fast von alleine. Das packe ich schon noch", davon war er jedenfalls fest überzeugt.

Kurz nach 17 Uhr verließ er das Gelände der Payerhütte und kurz vor 19 Uhr kam er in der tiefen liegenden Tabarettahütte an. Unterwegs fühlte er, wie ihm zunehmend die Oberschenkel brannten. Die vielen, vielen Höhenmeter steil abwärts machten sich jetzt massiv und schmerzhaft bemerkbar. Zum Glück hatte er Magnesium-Tabletten dabei, die er einnahm, um Muskelkrämpfen vorzubeugen. Solche Hilfsmittel benötigte er allgemein eher selten, jetzt zeigte sich aber, welchen hohen körperlichen Anstrengungen er an diesem Tag ausgesetzt war.

Die Schutzhütte, mit Blick auf die Ortler-Ostwand, war bei seiner Ankunft im Grunde ebenfalls schon übervoll belegt. Für eine einzelne Person fand die nette Hüttenwirtin aber schon noch einen Platz. „Du musst notfalls mit einer Bank im Frühstücksraum vorlieb nehmen", scherzte die umtriebige Chefin des Hauses. „Das finde ich toll, Hauptsache ich liege irgendwo im Raum und muss nicht draußen im Freien und Kalten übernachten", spielte er den Ball zurück und sagte ihr noch, dankbar und glücklich darüber zu sein, heute nicht noch weiter absteigen zu müssen. „Morgen bin ich froh, bis hierher abgestiegen zu sein, weil ich so schneller in Sulden bin, als wenn ich erst von der Payerhütte den ganzen Abstieg machen müsste. Dadurch gewinne ich mehr Zeit für die Heimfahrt." Wie sagte einmal Wilhelm Busch weise in einem Aphorismen: „Gehabte Schmerzen hab ich gerne."

Zum Abendessen begnügte er sich mit dem Bergsteigeressen. Dies gibt es in den Alpenvereins-Hütten in der Regel preiswerter und besteht meistens aus Spaghetti mit Hackfleisch und Tomatensauce. Dazu gönnte er sich zwei Glas Weizenbier. „Ich muss meinem Körper die verbrauchte Flüssigkeit und Mineralien wieder zuführen", seine Rechtfertigung für diesen übermäßigen Genuss.

Hinterher fühlte er sich schon wieder wesentlich wohler. Es fanden sich nette Gesprächspartner in der Runde mit guter Unterhaltung und so verging der restliche Abend kurzweilig. Während der hitzigen Gespräche bestellte sich Willy sogar noch ein Viertel Valpolicella – ein italienischer trockener Rotwein, der ihm wie Öl runterlief. Dann fühlte er die nötige Bettschwere und zog sich ins Matratzenlager zurück. Trotz der Unruhe im Haus schlief er schnell ein, hatte eine ungestörte Nacht und wachte erst gegen 6 Uhr auf.

Kaum aus dem Bett, war in wenigen Minuten alles im Rucksack verstaut, den Willy griffbereit vor der Tür deponierte. Zielstrebig begab er sich in den Frühstücksraum. Gut aufgelegt trank er zwei Tassen Kaffee, bestrich eine Scheibe Brot mit Marmelade und belegte ein Zweites mit Käse. Dabei nahm er sich ungewöhnlich viel Zeit und frühstückte entspannt ohne Hast und Hektik, fast schon genießerisch. Hinterher steckte er sich noch ein Doppelbrot für unterwegs ein, das ihm die Hüttenwirtin auf Bestellung vorbereitet und gereicht hatte. Zusätzlich wurde ihm noch die Wasserflasche mit Skiwasser gefüllt. Wenn er unterwegs trinken musste, dann sollte es wenigstens ein bisschen Geschmack haben, im Unterschied zum reinen Quellwasser. So gut für den weiteren Weg vorbereitet, bezahlte er für die Übernachtung und Verzehr, bevor er sich von der netten Hüttenmannschaft mit Dank verabschiedete.

Die morgendliche Sonne schien schon unerwartet kräftig auf den Hang. Es half nichts, Willy musste den Weg nach Sulden laufen, hatte aber nach kurzer Zeit schon seine wind- und wasserdichte Wanderjacke ausgezogen und im Rucksack verstaut. Damit war es ihm doch gleich zu warm geworden. Ohne geriet er abwärts nicht so sehr ins Schwitzen und in Atemnot drohte auch nicht.

Zwischendurch hielt er mehrmals für eine Trinkpause inne, und blickte zu den gegenüberliegenden schneebedeckten Gipfeln der Königsspitze und den anderen Majestäten, die alle über 3000 Meter in den Himmel ragen. Selbst beim gemächlichen Gang war er trotzdem schon in zwei Stunden beim Auto. Für ihn war das heute eher ein Morgenspaziergang. Ohne Eile legte er sein Gepäck in den Kofferraum, trank noch schnell die Flasche leer, fuhr los, und verließ den idyllischen Ort am Fuße des Ortlers. „Komme ich in diesem Leben noch einmal hierher?", stellte er die mehr hypothetische Frage.

Zuerst hielt er talaufwärts, wählte aber für den Rückweg in Gomagoi nun die Abzweigung zum Stilfser Joch. Diese bekannte Strecke war er noch nie gefahren und sie interessierte ihn. Also passte es gut und er befuhr mit mäßigem Tempo die 48 Kehren hinauf zum Joch auf 2757 Meter, dem höchsten Pass in Italien. Unterwegs musste er unzählige Fahrradfahrer überholen, die tief über dem Lenker gebeugt bergauf keuchten, und dutzende Motorradfahrer überholten ihn rasant. Das erforderte höchste Konzentration, das machte die Fahrt anstrengend und war kein Genuss. Sämtliche Zweiradfahrer Europas –

motorisiert wie ohne Motor – schienen an diesem lauwarmen Tag im Gebiet unterwegs zu sein, so kam es ihm zumindest vor. Am Pass legte er einen Stopp ein, bummelte den Gebäude mit ihren Auslagen entlang und betrachtete einige Minuten die Angebote der Souvenirshops. „Hier herrscht ein Trubel wie in der Karlsruher Kaiserstraße", stellte er erstaunt fest. „Das ist kein Platz, wo ich länger bleiben wollte."

Nach dem halbstündigen Zwischenstopp wählte Willy die schmale Straße nach Santa Maria zur Schweiz hin, befuhr das Münstertal zum Ofenpass, im Schweizer Kanton Graubünden gelegen. Dabei wurde ihm erstmals bewusst, dass es sowohl ein Münstertal im Südschwarzwald gibt, eines im Elsass in den südlichen Vogesen und das Dritte hier in der Schweiz. „Das ist wohl noch ein Erbe der Alemannen und da gab es sicher Verbindungen, so wie bei den drei Belchen", überlegte er, ohne den genauen Grund zu kennen.

Auf der schmalen, kurvigen Strecke ließ er sich Zeit, hielt an schönen Aussichtspunkten kurzzeitig an und saugte das Bild der idyllischen Landschaft auf. „Heute befahre ich das erste Mal diesen Schweizer Nationalpark, es gibt also für mich immer noch neues zu entdecken", und nichts drängte ihn, niemand erwartete ihn. Über Zernez im Engadin kam er nach St. Moritz und durch das lange Hochtal, auf einer endlosen Passage kleiner Sträßchen am Silvaplanasee vorbei, in die älteste Stadt der Schweiz, nach Chur im breiten Tal des Alpenrheins. Dort bummelte er eine halbe Stunde durch die sehenswerte Innenstadt, in der mitten hindurch eine Schmalspurbahn verläuft, die Aroserbahn. Auf der Weiterfahrt bog er vor Vaduz ab, kam zum Walensee und später passierte er den Zürichsee am linken Ufer. Immer am See entlang gelangte er in die Stadt Zürich, dann auf die

Autobahn in Richtung Basel. Vor der Grenze geriet er in den unvermeidlichen Stau, bis er zuletzt auf der A 5 auf der deutschen Seite ungehindert vorwärtskam und nur noch etwa 150 Kilometer vor ihm lagen.

Willy hatte sich an diesem Tag – entgegen seinen sonstigen Gewohnheiten – wirklich viel Zeit gelassen und in Ruhe auch die Umgebung, die Landschaft, viel einzigartige Natur betrachtet. „Bisher hetzten wir immer nur in möglichst kurzer Zeit von A nach B und wir sahen nichts – oder zu wenig von der Umgebung, dem Drumherum", wie er sich eingestehen musste. „Das hat mir heute richtig Freude bereitet und ich habe viel gesehen."

Spät am Abend war er daheim, nachdem es bei Rust – südlich von Lahr – noch einmal einen Stau gegeben hatte. Dann hatte Willy die überlange Tagesetappe glücklich hinter sich. Zu Hause setzte er sich müde an den Tisch und trank erst noch ein Bier, dann versorgte er seinen Rucksack und warf die getragenen Klamotten in die Ecke. Hunger verspürte er auch, deshalb bereitete er sich ein rustikales Abendessen mit Schwarzwurst, Leberwurst und Speck, was er tagelang vermisst hatte. Das brachte ihm gleich neue Lebensgeister zurück und dank seiner guten Kondition, hatte er sich auch einigermaßen schnell erholt.

Nebenbei studierte er die Zeitungen der letzten Tage, dann schaltete er den Fernseher an und schlief im Sessel ein. Erst gegen Mitternacht schreckte er auf, war wach und zog es dann vor, doch lieber im Bett die Nacht verbringen zu wollen.

Die gefährliche Eisrinne – und das Wandl

Der König Ortler

7

Der Sonderling

Schon seit Wochen erreichten Willy telefonische Anfragen oder bei Begegnungen mit seinen Bergfreunden, wurde er direkt darauf angesprochen. „Willy, willst du nicht diese Tour mit mir machen?" Oder, „Willy, wir wollen im Sommer in die Hohen Tauern, kannst du nicht die Führung übernehmen?" Selbst der Sektions-Vorsitzende wandte sich persönlich an ihn und sagte: „Ich bekomme Anfragen von Mitgliedern, die gerne eine Hochgebirgstour mit dir machen wollen. Es ist schade, dass ich allen absagen muss. Kannst du es dir nicht doch noch einmal überlegen?"

„Ich bin in einem Alter, wo ich meine Ruhe haben, für nichts mehr verantwortlich sein will und überhaupt passt mir die ganze Politik im Verein nicht mehr, diese Gängelei, die Vorschriften", entgegnete ihm Willy ungehalten. Insgeheim dachte er dabei an die zurückliegenden Touren, bei denen er alleine unterwegs war und die er sehr genossen hatte. „Die Vorschriften kommen nicht von mir oder von uns, sondern vom Bundesverband. Manches hat versicherungsrechtliche Gründe", rechtfertigte sich der Vorsitzende. „Über dreißig Jahre habe ich kleinere und größere Gruppen innerhalb der Sektion und auch im privaten Bereich geführt und es ist nie ernstlich etwas passiert, da will ich mich heute nicht mehr umstellen und reglementieren lassen, basta. Außerdem bin ich es leid, mich von den Klugscheißern, die ich auf den Touren führe und die mit mir gehen, ständig belehren zu lassen oder endlosen Diskussionen ausgesetzt sein. Das ist nicht mehr meine Welt, diese jungen Burschen hören mir doch gar nicht mehr zu und, noch schlimmer, die wissen immer alles besser."

Wohl oder übel musste sich der Vorsitzende und alle die ihn drängten mit der Situation abfinden. So verging die Zeit. In der Sektion fanden sich junge, gut ausgebildete Bergsteiger, die sich gerne in den Vordergrund drängten und viel Elan einbrachten. Vor allem beherrschen sie die heutigen Medien und die technischen Möglichkeiten. Postkarten-Anmeldungen, wie sie Willy althergebracht praktizierte, waren wirklich nicht mehr zeitgemäß und wie man oft festgestellt hatte, auch zu unsicher geworden.

Mit wenigen Ausnahmen gibt es heute auf jeder Berghütte Internetverbindung, sodass Anfragen und Anmeldungen bequem per E-Mail erledigt werden können. Das vereinfacht die Sache und macht die Rückantworten oder Bestätigungen sicherer. Da konnte es nicht mehr vorkommen, dass eine Karte nicht ankam, weil sie bei der Taladresse landete, während die Hüttenleute schon lange vor Ort auf dem Berg weilten. Gerade bei größeren Gruppen, wie sie häufig mit Willy unterwegs waren, ist eine sichere Reservierung kolossal wichtig.

Dann wurden Klettern in der Halle und Buildern – eine Trendsportart junger Leute – sowie Biken modern und anderes Zeug, mit dem Willy nichts mehr am Hut hatte und nicht mitreden konnte, geschweige denn wollte. Dadurch vermied er zunehmend die Teilnahme an Versammlungen, Verbandssitzungen und Treffen, die ihn nur langweilten.

Seine Distanziertheit übertrug sich leider auch immer mehr auf den privaten Bereich. Selbst der Nachbarschaft fiel auf, dass sich Willy immer mehr zurückzog und eigenbrötlerischer wurde. Wenn ihm etwas nicht gefiel, wurde er schnell zornig, manchmal ausfallend laut und beleidigend. Noch etwas kam hinzu, das man stirnrunzelnd zur Kenntnis nahm. Früher war er nicht gerade modisch auf dem aktuellsten Stand. „Heute läuft er schlampig herum und lässt sich gehen", sagte man und so gab es hinter vorgehaltener Hand viel zu tuscheln und zu klatschen.

Da gab es durchaus Nachbarinnen, die gerne dem großgewachsenen, stattlichen Mann einen Rat gegeben hätten oder einen guten Tipp, ihre Dienste und mehr hätten anbieten wollen. Nur, jeden Versuch wies er schon im Ansatz ab und gab sich steif und brüskierend. Da ließ man es eben lieber sein und ging ihm, so gut es ging, aus dem Wege. Die zwangsläufige Folge, er hatte kaum noch Kontakte zu anderen Menschen im Ortsteil und seine Freunde konnte man an einer Hand abzählen. Selbst die örtlichen Veranstaltungen und Feste mied er weitgehendstes wegen des Rummels und den zu vielen Menschen.

Selten bekam er Besuch von seiner Tochter, die im Ort mit ihren zwei Kindern wohnte oder vom ebenfalls verheirateten Sohn, im Stuttgarter Raum ansässig, und der dort bei Daimler arbeitet. Sogar die Enkelkinder hatten wenig Interesse daran, einmal eine ganze Woche oder mehrere Tage beim Opa zu verbringen. Sie kamen nur ab und zu kurz vorbei und in den Ferien allenfalls nur für zwei oder drei Tage. Wandern wollte keines von ihnen und für die Berge hatten sie auch keinen Sinn. Viel anderes hatte ihnen der Opa aber nicht zu bieten – nicht einmal einen modernen Computer, mit dem sie hätten im Internet surfen können, gab es bei ihm im Haus. Besuche im Technikmuseum in Speyer oder Sinsheim oder gar im Europa-Park in Rust waren Willy zu teuer und zu stressig. „Technik habe ich im Geschäft genug, und da sind mir für meinen Geschmack viel zu viele Leute, das ist mir der Rummel zu lästig", sagte er abwehrend, wenn so ein Vorschlag gemacht wurde. Damit hätte er aber bei den Enkeln durchaus punkten können.

Trotzdem fühlte sich Willy keineswegs einsam. Er ging seines Weges und hatte nie den Eindruck, dass ihm irgendetwas fehlte. Fast täglich fuhr er mit dem Rad oder er wanderte nach der Arbeit und an freien Tagen kürzere oder längere Strecken. Dann musste er ja noch seine Einkäufe tätigen, den Haushalt versorgen und in Ordnung halten. So verging Woche für Woche und ein Monat jagte den anderen.

Ein neuer Winter zog ins Land und sobald an der Schwarzwaldhochstraße Schnee lag, drängte es Willy, neben Radtouren und Wanderungen, in die Langlauf-Loipe. Soweit es das Wetter zuließ, fuhr er samstags und am Sonntag sowie an den Feiertagen oder wenn er freihatte, auf die Höhe und lief gut und gerne dreißig Kilometer mit den Langlaufbrettern. Wenn ihm der Sinn danach war, kehrte er in der Darmstädter Hütte ein oder am Ende der Tour in der Rasthütte am Seibelseckle. Das war dann genug für so einen Tag und er ließ es danach ruhiger angehen. Sein Leben war in seinen Augen völlig in Ordnung – und er fand es genauso richtig, wie es war.

8

Alleine am Großvenediger auf Tour

Nach einem relativ kalten Winter, mit in der Region ungewöhnlich vielem Schnee, war zögerlich und damit etwas verspätet ein neuer Frühling ins Land eingezogen und Willys Wanderungen wurden mit dem längeren Tageslicht anspruchsvoller. Es zog ihn wieder mit Macht in die Berge und schon im Juni verbrachte er ein verlängertes Wochenende in Brand im Montafon.

Für vier Tage hatte er ein Quartier in der Pension Nessler gefunden, dessen Besitzer, von Beruf Zimmermann, gleichzeitig Skilehrer und Bergführer war. Mit ihm bestieg er zuerst die Schesaplana – mit 2964 Meter fast ein Dreitausender. Im oberen Bereich musste er einzelne Schneefelder queren und von der Mannheimer Hütte den Brandner Gletscher überschreiten, was aber keine Erschwernis darstellte. Zudem lag am Gipfel der Schnee noch sehr hoch. Hinunter auf der Route zum Lünersee über die Totalphütte war es für ihn auch nur etwas mehr als ein anspruchsvoller Spaziergang. Den Auf- und Abstieg konnten sie locker in einem Tag schaffen. Der Samstag, an dem sie diese Tour machten, war für ihn so richtig zum Akklimatisieren.

Sonntags ging er alleine über den Böser-Tritt-Steig wieder hoch zum Lünersee und von da aus über die Staumauer und kam in einer Traverse in die Saulascharte, danach auf dem leichten Klettersteig zum mit 2516 Meter mäßig hohen Saulakopf.

Das waren für ihn leichtere Touren, die ihm nur zeigen sollten, dass er noch gut er drauf ist. Nach dem langen Winter musste er einfach wieder die Berge, die Felsen fühlen, und die Höhenanpassung für weitere Vorhaben war ein zusätzlicher Zweck.

Beruflich ging es für ihn mit großen Schritten seinem Ende entgegen. In der Firma wurde neuerdings wieder ein Programm gefahren, das führenden Mitarbeitern den Vorruhestand mit 63 schmackhaft machen sollte. Nach Drängen von allen Seiten hatte er sich schließlich – ungern zwar, sah aber ein, dass es für ihn besser war – darauf eingelassen und den Vertrag unterschrieben. Zum Ende dieses Jahres würde es so weit sein, dann sollte er also in den Ruhestand wechseln. „Dann habe ich endlich mehr Zeit für mich und kann mehr unternehmen, tröstete er sich; in der Firma werde ich anscheinend doch nicht mehr gebraucht, und die oben wissen sowieso immer alles besser", gestand er sich ein wenig resignierend ein. Trotzdem wurmte es ihn innerlich gewaltig, so aufs Abstellgleis geschoben zu werden. „Vielleicht kann ich aber noch eine Weile beratend tätig sein und mein Wissen ist auf andere Weise gefragt", hoffte er zumindest.

Im Juli wollte er zum Arlberg, das war sein nächstes Ziel. Freitag in der Frühe verließ er sein Haus und kam über Stuttgart – Ulm nach Lindau am Bodensee, dann durch den Pfändertunnel ins Montafon und er traf schließlich zur Mittagszeit in St. Christoph ein, eine Ortschaft vor St. Anton. Hier konnte er das Auto abstellen, und von da aus marschierte er los und erreichte am späten Nachmittag die Ulmer Hütte auf 2228 Meter Höhe. Der Weg zur Hütte war steil, aber insgesamt unschwer, ohne jegliche Kletterei, verlangte aber in manchen Passagen gute Trittsicherheit. Oberhalb sah er den langen, anspruchsvollen

Arlberger Klettersteig und nahm sich vor, wenn er im Ruhestand ist, diesen langen, schwierigen Steig in den nächsten Jahren unbedingt einmal gehen zu wollen.

Die grünen Bergwiesen, die bunte Blumenprachtfülle und die weiten Blicke ins enge, tiefliegende Tal faszinierten ihn und sorgten für willkommene Abwechslung auf dem Weg. Kaum einmal begegneten ihm andere Wanderer. Unterwegs machte er einen kleinen Umweg und stieg noch auf die 2809 Meter hohe Valluga, kam später am Kaiserjochhaus vorbei und kehrte am Abend des zweiten Tages in der Ansbacher Hütte ein. „Das war ein sattes Tagesprogramm", resümierte er zufrieden.

Von der Ansbacher Hütte stieg er tags darauf auf einem steinigen Pfad ab, durchschritt Wald und Wiesen und kam nach Flirsch im Talgrund an. Dort suchte er die nächste Bushaltestelle und bestieg einen Linienbus, der ihn zum Startplatz zurückbrachte, von wo aus er direkt nach Hause fuhr.

Das waren Tage, die Willy den Kreislauf ordentlich trainierten, jedoch ohne, dass er sich überfordert fühlte. Sie waren so, wie er sie liebte; anstrengend, kurzweilig und mit befreienden Gefühlen. Sie verschafften ihm außerdem die Kondition für weitere Unternehmungen im Jahr, die er sich noch vorgenommen hatte. Zugleich war es einfach ein willkommener Ausgleich in der Gleichförmigkeit der Tage, die er allgemein im Unternehmen verbrachte, sie machten ihm von alledem den Kopf frei.

Im August hatte er 14 Tage Urlaub genommen und in dieser Zeit hegte er die Absicht den Großvenediger zu besteigen, einer der markanten und anspruchsvollen Dreitausender im Österreicher Nationalpark „Hohe Tauern". Das sollte noch einmal ein Höhepunkt in seiner Bergkariere werden. Obwohl er wusste, dass auf dem Gletscher tückische Spalten gibt, erschien ihm das Risiko alleine unterwegs zu sein, in dieser Jahreszeit und bei diesem Berg relativ gering. „Den Sommer über sind zu viele unterwegs, die hinterlassen Spuren und machen sichtbar, wenn es irgendwo kritische Stellen gibt", sein Kalkül.

In den Tagen zuvor gab es die üblichen Erledigungen zu tun. Wieder einmal musste er in sein Stammgeschäft für Bergsteigerbedarf bei Kolb in Kuppenheim gehen. Er brauchte dringend ein neues Paar nahtlose Socken für die Bergschuhe, damit er sich keine Blasen lief. Für die Hüttenübernachtungen kaufte er ferner einen modernen Schlafsack aus Seide. Sein bisheriger aus Baumwolle war ihm einfach zu schwer und nach Jahren des Gebrauchs auch schon ziemlich abgenützt.

Ihn hatte überzeugt, dass „so einer aus Seide nur ein Fünftel des alten Gewichtes wiegt". Vor Ort überlegte er sich auch, ob er noch einen modernen Eispickel aus Chrom-Molybdän-Stahl kaufen sollte, das ist der heutige Standard, und auch da spart man an Gewicht. Die ergonomische Schaftkrümmung hatte es ihm zusätzlich angetan. Bei Ansicht des Preises nahm er aber doch lieber Abstand von der Idee. „Der gute alte tut es noch eine Weile", tröstete er sich.

Bei der Gelegenheit machte ihm der clevere Shop-Inhaber aber ein Odlo-Hemd schmackhaft. „Das trocknet dir in Minuten am Körper, und wenn du es unterwegs einmal waschen willst, hänge es in den Trockenraum oder in die Sonne und in kürzester Zeit kannst du es wieder anziehen." Dieses Argument überzeugte Willy und entgegen seinen Gewohnheiten entschied er sich für diese Modeware, und eine neue Fleecejacke gönnte er sich auch noch. „Die ist saumäßig leicht und wärmt hervorragend", schwärmte der Ladeninhaber. Dann, so fand Willy, hatte er für heute aber genug Geld ausgegeben.

Der geplante Abreisetag kam und vor der Abfahrt prüfte Willy sorgfältig seine gesamte Ausrüstung. „Habe ich wirklich alles parat?" Neben den Steigeisen, Gamaschen, dem Hüttenschlafsack, Hüttenschuhen und ein Paar extra Socken für den Abend, brauchte er Waschzeug, Brusischlingen, zwei Bandschlingen, ein 25-Meter-6-mm-Seil für Notfälle, mehrere Karabiner, Abseilachter, Eisschraube, Helm, Stirnlampe mit neuen Batterien, Kompass – und nicht unwichtig – eine aktuelle Karte dieses Gebietes im Maßstab 1:25'000. Ferner legte er sich noch wärmende Fleece-Handschuhe zurecht, eine Unterziehmütze für den Helm, Gletscherbrille und Sonnencreme. Für den Notfall hatte er eine Überlebensfolie, den Biwaksack, ein Verbandspäckchen und eine Trillerpfeife eingepackt. „Desch isch e'huffe Zeugs", sagt der Badener.

Zum Essen hatte er Speck, Knäckebrot und eine Salami in der einen Kunststoffschale gerichtet, sowie zehn Müsliriegel, je zwei Beutel trockene Feigen und Pflaumen in der anderen, nebst zwei Tafeln Schokolade, eine Dreiviertel-Liter-Flasche Coca-Cola, Thermo-Teekanne und zwei Halbliter-Trinkflaschen, die er aus Bergbächen oder in den Hütten mit Wasser leicht nachfüllen konnte. Beim Blick auf die Waage stellte er fest, alles zusammen wiegt achtzehn Kilogramm. „Oh, herrje, da habe ich eine Menge zu schleppen", seufzte er, fand aber nichts, worauf er hätte verzichten wollen oder können. „Habe ich auch nichts vergessen?"

Immer wieder überlegte und prüfte er, was fehlen könnte und zusätzlich wichtig wäre. „Ach ja, ein zusätzliches Hemd und ein leichtes T-Shirt für abends in der Hütte packte er auch noch ein, dazu die neue wärmende Fleecejacke. Die leichte wind- und wasserdichte Wanderjacke mit eingelegter Kapuze lag ebenfalls griffbereit und in den Waschzeug-Beutel musste noch eine Schachtel Aspirin, für den Fall, dass er Halsschmerzen oder was anderes dummes bekäme. „Keinesfalls vergessen darf ich eine Tube Mobilat-Salbe, wenn mir die Knochen schmerzen, sowie Talcid-Tabletten für meinen empfindlichen Magen", ergänzte er die Liste. Nun war er sich sicher, an alles gedacht, nichts vergessen zu haben und gut vorbereitet zu sein.

Vor dem Abend verließ er noch einmal das Haus, fuhr zur Tankstelle und befüllte den Tank seines Autos, prüfte Luftdruck und den Ölstand. Dann war alles okay. Gut vorbereitet legte er sich um 20 Uhr ins Bett und stand nach einer kurzen, unruhigen Nacht um 3 Uhr auf. Kurz bereitete er sich zwei Tassen Kaffee, verzehrte zwei Brote und richtete zwei Doppelbrote für unterwegs, die er zusammen mit einer Flasche Wasser einpackte.

Kurz vor 4 Uhr verließ er das Haus. Die Autobahn war um diese Zeit noch frei und Willy kam zügig über die neuralgischen Punkte Stuttgart – Ulm hinaus. Hinter Ulm bog er auf die A 7 in Richtung Füssen ab. Der letzte Abschnitt der Autobahn war damals gerade wegen Ausbau gesperrt, immer noch nicht fertiggestellt und befahrbar, so wurde es ihm ein wenig lästig, die schmale, viel befahrene Straße über das bayrische Hinterland bei Nesselwang hinter den Lastwagen herzubummeln, bis er durch den Grenztunnel bei Füssen in Reutte auf der österreichischen Seite war.

Inzwischen herrschte auf dieser wichtigen Verbindung dichter Urlauberverkehr, doch es blieb über den Fernpass einigermaßen flüssig. Oben am Pass pausierte er kurz an, inzwischen musste er etwas futtern und besorgte sich am Kiosk ein Getränk. In vielen Kurven wand sich die Straße auf der anderen Seite ins Inntal. Endlich unten, hielt er geradewegs ins Zillertal, und bei Zell am Ziller wählte er die Verbindung ins Schwarzachtal und über den Gerlospass. Nach vielen Stunden ermüdender Fahrt steuerte er den Parkplatz in Krimml an. Das war aber erst der eine Teil dieses Tages, der anstrengendere kam noch.

Für die zahlreichen Besucher der Wasserfälle steht am Ortsrand ein großflächiger Parkplatz bereit, wo er mehrere Tage sein Auto abstellen konnte. Ohne Hektik bereitete er sich zum Abmarsch vor, vergewisserte sich nochmals, ja nichts vergessen zu haben und dann brach er auf.

Beim Besuch der Krimmler Wasserfälle ist eine Eintrittsgebühr fällig – auch für die reine Passage – die er unwillig bezahlte. „Was hilft's", dachte er, „ich muss da durch und will den Panoramaweg nehmen. Vielleicht entschädigt mich die grandiose Natur." Und da wurde er nicht enttäuscht. Schon der Aufstieg entlang der Wasserfälle war im Grunde den Eintrittspreis wert – und so ist es ja auch gedacht. Bei jeder Aussichtskanzel, bei jedem möglichen Blick ins Tal, blieb er kurz stehen und sah den schäumenden, Gischt sprühenden Wassermassen zu, die donnernd ins Tal stürzten und weit draußen einen buntfarbigen Regenbogen über das Tal zauberten. Das war wirklich ein beeindruckendes Schauspiel der Natur im Nationalpark Hohe Tauern.

Die Krimmler Wasserfälle sind die größten in Europa. Sie fallen 385 Meter in die Tiefe und sollen sogar heilende Wirkung auf Asthmatiker und Allergiker ausüben. Allerdings empfand Willy die extrem hohe Luftfeuchtigkeit etwas nachteilig. Bei der hochsommerlichen Temperatur fühlte sich das wie in einer Sauna an. Der Schweiß rann ihm aus allen Poren. Auf dem moderat ansteigenden Weg waren rund 400 Höhenmeter zu bewältigen, bis er oben am Beginn der Wasserfälle angekommen war. Dafür hatte er nun das weite, lichtdurchflutete Tal der Krimmler Ache vor sich.

Der Weitwanderweg 02 stieg im Achental sanft an und bot für das Auge allerlei Abwechslung. Mal war es eine bewundernswerte Gletschermühle im Gebirgsbach, mal eine rustikale, idyllische Berghütte in der Wiese; links und rechts blühten Alpenblumen in üppig verschwenderischer Farbenpracht. Dafür zog sich das Tal endlos hin und schien kein Ende nehmen zu wollen.

Stunden war er schon unterwegs und dann stand er endlich vor dem Hinweisschild, das unter anderem auch die Abzweigung zur Warnsdorfer Hütte anzeigte. Nach dem „Rentnerweg" wurde es dafür nun noch einmal richtig steil, und das tat nach so einem langen Tag selbst dem trainierten Mann weh. Gut 500 Höhenmeter waren auf kurze Distanz zu überwinden und das fiel Willy, je höher er kam, immer schwerer. Dazu brannte am spätnachmittags die Sonne noch intensiv auf den Hang, sodass es ihm zwischendurch kurz übel wurde und er sich erbrechen musste. Sein Magen spielte hin und wieder verrückt, wenn er nicht rechtzeitig eine Talcid-Tablette gegen Übersäuerung einnahm. Diesmal zeigte der Körper wieder deutlich: „Willy, für heute reicht es."

Kurz nach 18 Uhr betrat er endlich die Warnsdorfer Hütte auf 2324 Meter Höhe und war wirklich heilfroh da zu sein, wohin er wollte. Das hätte er aber auf keinen Fall jemand eingestanden. „Schwäche zeigen ist wie eine Niederlage", sein Credo. Tatsächlich war er in Krimml – nach der langen Anfahrt – auf 1067 Meter losgegangen. Somit hatte er jetzt rund 1300 Höhenmeter hinter sich. „Wenn ich die Fahrt hinzurechne, dann ist das für heute mehr als genug", stellte er trotzdem nüchtern fest.

Bei einer günstigen Gelegenheit meldete er seine Ankunft beim Hüttenwirt und ließ sich einen Platz im Matratzenlager zuweisen. Jetzt am Spätnachmittag herrschte Hochbetrieb im Haus. Nach dem formellen Teil ließ er sich ein Weizenbier geben und setzte sich draußen auf eine Bank vor der Türe. Das war wohltuend und erholsam. Hinterher richtete er seine Koje, versorgte das Gepäck und ging erneut ins Freie. Um 19 Uhr gab es Abendessen und danach sah er der langsam am Horizont versinkenden rotleuchtenden Abendsonne zu. Mit zunehmender Dämmerung wurde es merklich kühler und das trieb ihn endgültig in die wärmere Gaststube zurück.

Dort am Tisch ergaben sich interessante Gespräche mit seinen Tischnachbarn. Es waren vier Männer aus dem Schwäbischen, die in den letzten Jahren gemeinsam viel im Alpenraum unternommen hatten und von ihren Erlebnissen und der guten Partnerschaft schwärmten. Das weckte bei Willy ein wenig Wehmut und er dachte: „So könnte es bei mir auch sein; leider kann ich das aber nicht von allen meinen Unternehmungen behaupten." Dass seine spezielle Eigenart viel Negatives dazu beigetragen hatte, sah er natürlich nicht.

Zwischendurch holte er sich noch ein Viertel Rotwein. Im Ausschank gab es einen gehaltvollen Blauen Zweigelt, der ihm ausgesprochen gut mundete. Gerne hätte er noch ein Viertel mehr getrunken, aber er wollte am anderen Morgen fit sein und einen klaren Kopf haben. Um 21.30 Uhr legte er sich deshalb aufs Bett im zugeteilten Matratzenlager, stopfte Ohropax in die Ohren und versuchte Schlaf zu finden.

Trotz dieser Vorsorge wurde er in der Nacht oft wach. Um 5.30 Uhr verließ er schließlich sein Lager, suchte kurz den Waschraum und die Toilette auf, dann begab er sich noch etwas müde und steif in den Frühstücksraum. Das Frühstück aus zwei Scheiben Brot, Marmelade, Wurst und einem Eckchen Streichkäse fand er in Ordnung und der Kaffee heiß genug und erfreulich stark. Das ist nicht überall der Fall, doch für heute war er zufrieden, bezahlte und verließ noch vor 6 Uhr das Haus.

Unterwegs zur Kürsinger Hütte machte er einen Abstecher zum 2340 Meter hohen Gamsspitzel. Der weitere Weg war unspektakulär, wenn man davon absieht, dass er sich über einen sehr steilen Klettersteig abwärts hangeln musste und das ist schwieriger wie aufwärts. Unten erwartete ihn eine Steinwüste, die Gletschermoräne, die er überquerte und auf die andere Talseite gelangte. Der Weg ging anschließend als schmaler Pfad in Serpentinen über sehr loses Gestein steil aufwärts. Wegen des lockeren Gerölls und den hinderlich-wackeligen Steinen im und am Weg, musste er höllisch achtgeben, damit er mit dem Fuß nicht umknickte und keiner der Brocken ins Rollen geriet, oder dass er ins Stolpern kam.

Im Laufe des Nachmittags war er angekommen, in der Kürsinger Hütte auf 2558 Meter Höhe. „Das war heute ein entspannter Tag", stellte er fest und war trotzdem zufrieden. Die übliche Prozedur der Anmeldung folgte und so weiter, das nahm wenig Zeit in Anspruch. Dann deponierte Willy seine Utensilien und hernach ließ er sich einen Kaffee geben und einen Apfelstrudel. Im Gastraum suchte er sich eine ruhige Ecke. Dort breitete er die Karte aus und studierte penibel den Weg zum Großvenediger, den er anderntags zurücklegen wollte.

Die Bedingungen sollen gut sein, hatte ihm der Hüttenwirt signalisiert. Der Wetterbericht verspricht ein stabiles Hoch und eventuelle Gewitter sind erst am späten Nachmittag zu befürchten. Viele Bergsteiger hatten in den letzten Tagen den Weg zum Gipfel gesucht, und da kein Neuschnee gefallen ist, dürfte der Aufstieg in den Spuren mühelos erkennbar sein, die die günstigste Route ans Ziel.

Der Hüttenwirt runzelte zwar die Stirne, als er hörte, dass Willy alleine gehen wollte. „Es gibt sehr viele Spalten und wenn auch der getretene Weg eine gewisse Sicherheit gibt, vor verdeckten Spalten ist man dort oben nie sicher", gab er zu bedenken. Doch Willy verwies auf seine jahrzehntelange Erfahrung. „Du wirst wissen, was tu tust", meinte der Hüttenwirt und damit war die Sache für ihn erledigt. „Ich bin kein Kindermädchen", so war aus Prinzip seine Einstellung.

Den Abend gestaltete sich für Willy locker. Er fand gute Gesprächspartner, trank ein Viertel Rotwein. Zwischendurch verließ er das Haus und sah zum Großvenediger hoch. Bevor er sich auf sein Lager zurückzog, füllte er beide Flaschen mit Wasser. Zusätzlich bestellte er heißes Wasser für den Tee in der Thermoskanne und zum Frühstück extra ein Doppelbrot. Willy wollte sichergehen, dass sein Essensvorrat, den er von zu Hause mitgebracht hatte, auch ausreichen würde.

Nach einer unspektakulären Nacht stand er um 5 Uhr auf. Zuerst verstaute er sorgfältig alles in seinen Rucksack und überprüfte, nichts liegen gelassen und vergessen zu haben. Dann frühstückte er, ließ sich heißes Wasser und das bestellte Brot geben, bezahlte und verließ noch vor 6 Uhr das Haus. Alles in allem fühlte er sich richtig gut an diesem Morgen, fit, voller Energie und Tatendrang.

Oben: Krimmler Wasserfälle   Unten: Gletschermühle im Achental

9

Gipfelglück am Großvenediger

Leichter Nebel hing am Morgen noch im Tal und es war etwas diesig. Sowas störte Willy zu diesem Zeitpunkt nicht. Zuerst stellte er seinen Höhenmesser auf die Ausgangshöhe von 2558 Meter ein. Beim Gehen reichte ihm Licht gut aus und er fand ohne Mühe die Markierungen am Weg, an denen er aufwärts in ein Hochtal orientierte. Der Normalweg oder „Zentralalpenweg", wie er auch genannt wird, zog sich lange hin, bis die Schneegrenze bei etwa 2900 Meter erreicht war. Das ist unterhalb des Zwischensulzbachtörl.

Inzwischen verspürte er Durst und musste trinken. Zwangsläufig gönnte er sich eine kurze Pause, bediente sich aus der Flasche und verzehrte ein halbes Brot. „Trinken ist in dieser Höhe das Allerwichtigste", das war ihm schon sehr lange wohl bewusst. Dann befestigte er die Steigeisen an den Schuhen, legte zum Schutz vor Schneenässe noch Gamaschen um, befestigte die Teleskopstöcke am Rucksack und nahm stattdessen den Eispickel in die Hand. Noch war es merklich kühl am Morgen, deshalb musste er wegen seiner eiskalten Hände dringend warme Handschuhe überziehen.

Die vorhandenen Spuren über den festgefrorenen Schnee zeigten Willy sicher den Weg, der nun unterhalb des Bergkammes verlief. Schritt für Schritt im gleichmäßigen Tempo ging er aufwärts, sorgfältig nach Spalten Ausschau haltend. Dabei klarte es sich immer mehr auf. Die Sicht zum Gipfel wurde frei. Die Sonne schien in den Hang und sorgte dafür, dass es Willy wärmer und wärmer wurde. Das zwang ihn bald zu einer weiteren Pause; er musste wieder trinken und die Jacke ausziehen, die er sicher im Rucksack verstaute.

Nach längerem Aufstieg gelangte er in die Venediger-Scharte und befand er sich immerhin schon auf einer Höhe von 3405 Metern. Tatsächlich hatte er in den zurückliegenden Stunden gut 1000 Höhenmeter hinter sich gebracht und das war in seinem Alter eine ordentliche Leistung. Dass er das noch konnte, darauf war er insgeheim auch ein wenig stolz. Bisher war er unterwegs an mehreren Seilschaften vorbeigezogen, die zu zweit, zu dritt oder sogar zu viert gingen und deshalb ohne Frage – ohne Bewertung der Kondition – langsamer waren als er. Um die neugierigen Bemerkungen, „warum er alleine unterwegs war", kümmerte er sich wenig, er ignorierte sie einfach. Einer der Bergführer tat sich wichtig und monierte: „Das ist nicht das richtige Tempo auf dieser Höhe." „Ich bin mit Sicherheit schon viel länger in den Bergen unterwegs wie du", gab Willy leicht angefressen zurück und trabte mit unverändertem Schritt weiter.

Das Gelände wurde im letzten Abschnitt immer steiler. Glücklicherweise war der Schnee aber verharscht und mit dem Eispickel in der rechten Hand kämpfte er sich peu à peu den Berg hinan. Seine gleichbleibende Schrittfrequenz zeugte von seiner jahrzehntelagen Bewegung in den Bergen. Die Höhe forderte irgendwann auch von ihm seinen Tribut. Immer wieder musste er kurz pausieren, durchatmen und tief Luft holen. Die Höhe machte ihm mehr zu schaffen, wie von früher gewohnt und es ihm lieb war; das Atmen fiel ihm schwer und im Kopf hämmerte es heftig. „Hallo Alterle", sagte er laut, „den Mount Everest machst du in diesem Leben nimmer, des isch sicher g'wiss!"

Über dem flacheren Gipfelaufbau fiel es ihm deutlich leichter vorwärtszukommen und nach Stunden stand er am Gipfelkreuz, das er halb im Schnee versunken vorfand. Der höchste Punkt mit 3662 Metern war erreicht. „Das hat mich mehr Kraft gekostet, wie ich erwartet habe", gestand er sich ein. „Aber hallo, du bist einfach nicht mehr der Alte, ob du es wahrhaben willst oder nicht, deine biologische Bremse pfeift schon bedenklich arg", so seine realistische Einschätzung.

Zu seinem Leidwesen umwehte den Gipfel ein eiskalter, unangenehmer Wind. So schön es im Sonnenschein auch aussah, das Bild täuschte. Die weißen Gipfel ringsum, die Wölkchen am blauen Himmel, waren das Eine. Das andere, es war bitterkalt, so, dass er schnell die Jacke überstreifte. Während der Rast musste er dringend etwas essen, denn die Mittagszeit war längst vorüber. Dazu suchte er einen Platz auf der windabgewandten Seite, holte Brot aus dem Rucksack und verzehrte es langsam, aber im Stehen. Zum Niedersetzen war es ihm tatsächlich zu ungemütlich. Hinterher nahm er noch etwas Dörrobst zu sich und trank mehrere Schluck warmen Tee. Das tat gut und wärmte von innen. Seine Kehle schien völlig ausgetrocknet zu sein. „Hoffentlich reicht mir das Wasser für den weiteren Weg. Ich habe bisher mehr verbraucht, als ich vorgesehen hatte."

Währenddessen kamen in kurzen Abständen andere Seilschaften am Gipfel an, die sich überglücklich mit „Berg Heil" in die Arme fielen. Auch sie suchten bald bibbernd einen windgeschützten Platz für die Rast. Andere traten dafür den Rückweg an. Das war ein ständiges Kommen und Gehen. Vom schönen Wetter angelockt, hatte es doch sehr viele hoch auf den Berg gelockt, zumal der Großvenediger zu den Klassikern unter Österreichs Bergen zählt.

Nicht wenige waren im Deffregerhaus gestartet, wie zu vernehmen war. Dorthin wollte Willy nun an diesem Tag noch absteigen. Von dort, so hatte er es geplant, sollte es in der nächsten Etappe zur Badener Hütte zu gehen, dann zur Neuen Prager Hütte und von dieser das Tal hinaus in den Pinzgau. „Am Ende werde ich schon irgendwie zum Parkplatz in Krimml kommen; notfalls nehme ich ein Taxi", hatte er sich vorgenommen.

Oben: Blick vom Großvenediger   Unten: Gletscherausläufer

10

Ein verhängnisvolles Ereignis

Der Großvenediger ist neben dem Großglockner der bekannteste Dreitausender Österreichs und wird allgemein gleichermaßen von zwei Seiten aus bestiegen. Vom Defreggerhaus aus ist es nicht so weit und folglich vom Gipfel dorthin auch nicht. Da hätte sich Willy am Gipfel ruhig etwas mehr Zeit lassen dürfen, wenn es nur nicht so kalt gewesen wäre. Etwa eine halbe Stunde war vorbei, dann drängte es ihn zum Weitergehen und schließlich brach er auf. „Wer weiß was mich auf dem Abstieg noch erwartet und ob das Wetter hält", so sein Antrieb.

Auf seiner Karte hatte Willy den Weg zum Defreggerhaus markiert und sich auch gut eingeprägt. „Ich muss zwischen Hohes Aderl und Rainerhorn auf etwa 3400 Meter hindurchgehen, immer über den Gletscher, bis ich auf 2963 Meter bin. Nach der Beschreibung sollte es der leichtere Weg sein und bergab läuft es sowieso immer leichter", wusste Willy aus Erfahrung, „nur, ich darf keinen Fehler machen, also, Willy, nicht leichtsinnig werden und nicht die Spur verlieren", mahnte er sich im Selbstgespräch.

Zuerst musste er aber wieder in die Venediger-Scharte kommen, was die gleiche Route bedeutete, die er hochgekommen war. In der Scharte trank er nochmals Tee, bevor er weiter wollte, denn wieder brannte ihm die Kehle, die sich wie ausgetrocknet anfühlte. „Das muss an der trockenen Höhenluft liegen", so seine Erklärung. „Das Problem hatte ich früher so nicht, warum denn jetzt und heute?" Darauf wusste er keine Antwort darauf.

Die Spuren zeigten abwärts und durch den Oberen Keesboden verlor er schnell an Höhe. Seit der Scharte war er schon eine ganze Weile unterwegs und sah zuletzt niemand mehr auf dem Wege, weder entgegenkommend, noch welche, die er hätte überholen müssen. Er war mutterseelenallein, vermisste aber keineswegs den üblichen Trubel am Berg. Die nach oben wollten, waren längst aus diesem Teil heraus. Sein Weg schwenkte nach links und verlief unterhalb vom Rainerhorn und oberhalb des Rainerkees. Der Verlauf schien ihm unspektakulär zu sein. Nur, bedingt durch die Sonneneinwirkung war der Schnee zu dieser Tageszeit weich und sulzig. Mit jedem Schritt sank er tief ein. Das erschwerte seinen Tritt, verzögerte das Vorwärtskommen, kostete Kraft und mehr Zeit, als ihm lieb war, „so ist das aber im Leben, das gehört dazu – und was mich nicht umbringt, macht mich nur noch härter", das war immer schon seine Devise.

Da, plötzlich passierte es. Wie aus heiterem Himmel brach er mit der Schneedecke unter ihm ein und Willy stürzte in die Tiefe. Zwei, dreimal schlug er irgendwo an, bevor er unsanft in einem Schneebett landete. Der Aufprall war sehr schmerzhaft, das hatte ihm wehgetan, aber war doch irgendwie noch gutgegangen. Dabei war ihm der Schreck in alle Glieder gefahren und das Blut stockte ihm in den Adern. „Himmel nochmal, was war das denn, musste das jetzt sein?", fluchte er, ohne sich tatsächlich den Ernst seiner Lage bewusst zu werden.

Nachdem er sich einigermaßen berappelt hatte, prüfte er zuerst, ob etwas gebrochen ist. Das schien nicht der Fall zu sein. Seine Hände bluteten zwar etwas von den scharfen Eiskristallen und mehrere Körperstellen waren geprellt und schmerzten, aber soweit war alles noch heil. Beim Sturz war er mit dem Rucksack zuunterst aufgekommen, das hatte den Fall offensichtlich und zum Glück zusätzlich gedämpft.

Nun erst sah er sich um und blickte nach oben. Der Himmel über ihm war, in dem etwa zwei bis drei Meter ovalen Spalt, durch den er eingebrochen war, sichtbar blau. Bis zum oberen Rand schätzte er, sind es bestimmt zehn Meter und die Höhle, in die er gefallen war, ist ein länglicher, ovaler Raum und glich, leicht übertrieben, einer kleineren Halle oder mehr dem Inneren einer Kapelle.

Mit Steigeisen an den Füßen und im Spagat von Wand zu Wand hochzusteigen war ausgeschlossen; der waagerechte Abstand zwischen den Eiswänden war zu weit. Das war undenkbar und durch den konkav verlaufenden Überhang nützte seine nächste Überlegung auch nichts, da dachte er an die Möglichkeit Stufen in das Eis zu hacken. Selbst mittels der Eisschraube konnte er die Höhe nicht überwinden und Halt finden.

Nachdem er alles genau inspiziert hatte und ihm langsam seine misslichen Lage klar geworden war, dachte er: „Verflucht, jetzt ist guter Rat teuer, verdammt noch mal, wie komme ich hier wieder raus und nach oben. Da brauche ich Hilfe?" Brusischlingen hatte er zwar im Rucksack, doch ohne das Seil von oben halfen sie ihm nichts. „Wo ist denn der Pickel geblieben?" Der war ihm beim Sturz aus der Hand gefallen. Jetzt erst sah er nach unten. Gut zwei oder drei Meter tiefer stand Wasser und da lag er am Rande. „Da komme ich nicht runter, da droht mir, dass ich abrutsche und auch noch im eiskalten Wasser lande."

Ganz langsam dämmerte Willy der Ernst der Lage und wie fatal seine Situation war. Und trotz der Kühle – oder besser, der Kälte – in seinem Gefängnis, trat ihm dabei kalter Schweiß auf die Stirn. Panik wollte ihn überwältigen, sein Herz klopfte bis zum Hals. „Nur jetzt die Ruhe bewahren", versuchte er seine Angst und das ungute Gefühl in den Griff zu bekommen. Beim Blick auf die Uhr stellte er fest, dass erst 15 Uhr vorbei war.

„Vielleicht kommen von oben, vom Berg, noch Bergsteiger vorbei", machte er sich Mut und rief laut um Hilfe. Er konnte nicht ahnen, dass der Ton oben kaum aus der Spalte herauskam. Dann erinnerte er sich an seine Trillerpfeife im Rucksack und suchte nach ihr. Grob geschätzt gab er über eine Stunde in regelmäßigen Abständen Signaltöne ab und rief um Hilfe, immer und immer wieder. Ohne Erfolg, es tat sich nichts. Die Zeit verging und es wurde ihm zunehmend immer kälter.

Jetzt galt es entschlossen zu handeln, so lange es noch ausreichend Tageslicht gab. Im Rucksack hatte er zwar ein Feuerzeug und die Stirnlampe. Wie lange würden aber Gas oder die Batterien halten? „Und ich muss alles anziehen, was ich im Rucksack dabei habe." Die Aktivität erwärmte ihn kurzzeitig, nach einer Stunde war ihm aber erneut entsetzlich kalt. Die Kälte kroch unangenehm fies von unten hoch und durchdrang alles. Inzwischen war die Dämmerung in rabenschwarze Nacht übergegangen.

Damit er im Schlaf nicht abrutschte und tiefer fiel, hatte er die Eisschraube aus dem Rucksack genommen und in die Eiswand geschraubt. Mit einer Bandschlinge fixierte er daran erst sich und mit einer anderen den Rucksack.

Dann leerte er im Schein der Stirnlampe den Rucksack und nahm ihn als Unterlage, damit die Kälte von unten nicht so spürbar wurde. Ein faltbares isolierendes Sitzkissen, das er sonst bei den Pausen unterlegte, war jetzt auch nützlich. Im nächsten Schritt griff er nach dem Biwaksack und dem Hüttenschlafsack. „Der Seidenstoff wird mir zusätzlich etwas Wärme geben", hoffte er. Um diesen wickelte er so gut es ging auch noch die Alufolie – die Überlebensdecke – doppelt herum. Sie bildete eine zusätzlich isolierende Hülle. Damit zwängte er sich mühsam in den Biwaksack und zog ihn hoch bis zum Hals. Über den Kopf streifte er seine Unterziehmütze und dann die Kapuze der Jacke. Zum Schluss nahm er eine Hockstellung ein und versuchte etwas zu schlafen. „Ehrlich gesagt, ich bin hundemüde und fühle mich so elend"

Die Nacht war längst hereingebrochen, und durch die Lücke im Schnee sah er ein paar Sterne schimmern. Zwei Stunden – oder waren es drei? – döste oder schlummerte er vor sich hin. Die Zeit konnte er nicht einschätzen und Licht wollte er nicht machen, um Batteriestrom zu sparen. Doch er spürte, wie die Kälte zunehmend in alle Glieder kroch und bald fror er erbärmlich. Seine Muskeln begannen zu zittern und die Zähne klapperten. So ging das minutenlang, bis er erneut vor Müdigkeit – oder vielleicht war es wegen der Kälte – eindöste und nach einer gewissen Zeit das grausame Spiel erneut einsetzte. Der Körper schien sich im Lebenserhaltungsmodus auf diese Weise vor dem Erfrieren zu schützen.

Ihm kam es so vor, als dass er in den letzten Stunden keine Sekunde geschlafen hatte, dennoch musste er in Wirklichkeit zwischendurch immer wieder einige Minuten weggewesen sein. Doch gefühlt verging die Zeit unendlich langsam, und nach der quälend langen Nacht sah er es dämmern und von oben drang immer mehr Licht in die Eishöhle – sein kaltes Gefängnis – fiel. „Hurra, ich lebe noch", rief er sarkastisch aus und freute sich.

Noch wartete Willy eine Weile, bis er genug sehen konnte, dann schälte er sich aus den Hüllen, in die er sich eingepackt hatte. Im Tageslicht sah die Welt schon wieder ein wenig freundlicher aus und seine Lebensgeister kehrten zurück.

Zuerst ging er daran, mit einer seiner Brusischlingen, die er zu einer Schlaufe knüpfte, nach dem Eispickel zu angeln. Nach mehreren vergeblichen Versuchen bekam er ihn tatsächlich zu fassen und konnte ihn hochziehen. Ein kräftiger Ruck war nötig, denn der Pickel war leicht im Wasser festgefroren, das mit einer dünnen Eisdecke überzogen war. „Himmel, das ist gutgegangen, es ist mir gelungen", seufzte er zufrieden und atmete tief durch. Kleine Erfolgserlebnisse können aber schon viel bewirken.

Mit dem Eispickel begann er den Platz, auf dem er sich befand, etwas einzuebnen und zu erweitern. „Warum habe ich das nicht schon gestern getan?" Vom gefrorenen Schnee steckte er sich kleine Stückchen in den Mund und ließ ihn schmelzen. Das fühlte sich unangenehm kalt an, verschaffte ihm aber etwas Flüssigkeit, denn sein Wasservorrat in der Flasche war gefroren und die Thermoskanne längst leer. „Wenn man mich nicht bald findet, muss ich mir etwas einfallen lassen; vielleicht packe ich eine Flasche zwischen Fleece und Jacke, damit die Körperwärme das Wasser auftaut und flüssig hält", so seine nicht unkluge Überlegung.

In Abständen hatte er wieder damit begonnen, regelmäßig laut Hilfe zu rufen und mit der Trillerpfeife Signale zu geben. „Vielleicht ist schon jemand vom Defreggerhaus zum Großvenediger unterwegs und hört mich", hoffte er zutiefst, und bei dem Gedanken wurde ihm gleich wohler.

Der Hunger quälte ihn immer mehr und zu gerne hätte er einen heißen Kaffee getrunken. „Was habe ich denn noch zu essen?" In der Brotschale waren Knäckebrot, Speck, Müsliriegel und Dörrobst hatte er auch noch. „Na, zumindest der Essensvorrat wird mir für heute und wenn es sein muss auch morgen noch ausreichen und verdursten werde ich so schnell auch nicht." Seine nächste Sorge war, „hoffentlich kommt kein Regen oder gar ein Gewitter mit Schnee oder Schneegraupel. Von oben nass werden, das wäre für mich jetzt verdammt unangenehm."

Für das improvisierte Frühstück ließ er sich lange Zeit, schrie zwischendurch um Hilfe und gab Signale. Hinterher wickelte er sich wieder in den Hüttenschlafsack und in die Alufolie und setzte sich in den Biwaksack. Regelmäßig gab er Pfeifsignale und lauschte angestrengt, ob nicht Stimmen hörbar waren. „Da müssen doch Leute auf dem Weg zum Gipfel sein und hier in der Nähe vorbeikommen, das ist doch die Normalroute", sagte er laut und schrie umso kräftiger – zwischen Hoffen und Sorge schwankend.

Stunde um Stunde verrann, nichts tat sich und seine Stimmung ging erneut in den Keller. Zur Abwechslung schälte er sich aus den Umhüllungen und machte dutzende Kniebeugen und Liegestützen. Das brachte seinen Kreislauf in Schwung und verschaffte ihm kurzzeitig Wärme. Seine Idee, unter der Jacke die Flasche zu wärmen, war zwar nicht hundertprozentig erfolgreich aber ergab doch ein wenig Flüssigkeit, die er in kleinen Schlucken zu sich nahm. Das Wasser war so kalt, dass ihm die Zähne schmerzten und er es im Mund erst ein wenig erwärmen musste, bevor er schlucken konnte. Sonst befürchtete er Halsschmerzen oder eine Magenverstimmung zu bekommen. Langsam knabberte er etwas von dem Knäckebrot, verzehrte Speck in kleinen Scheiben und hinterher gedörrtes Obst. Dabei wechselte er mit Müsliriegeln ab. Der Hunger war damit zumindest gestillt und übertriebenen Durst verspürte er nicht, eher das Verlangen nach Kaffee. „Ach, täte jetzt ein Bier gut oder auch ein heißer Grog wäre gut, nur nicht mehr das fade Wasser. Sogar ein Glas Wein wäre mir recht."

Die Zeit verging unendlich langsam und Hilfe war weit und breit nicht hörbar, in Sichtweite schon gar nicht. Gegen Nachmittag keimte erneut Hoffnung auf. Jetzt müssten doch Seilschaften vom Gipfel herunter auf dem Weg zur Hütte sein. Verstärkt gab er wieder Signale und schrie um Hilfe so laut er konnte. Die eisigen Wände um und über ihm reflektierten den Schall zurück. Weitere Stunden vergingen, immer im gleichbleibenden Rhythmus, Bewegungen um warm zu werden, rufen, pfeifen und sich wieder niedersetzen und ruhen.

Langsam begann es zu dämmern und nun befiel Willy eine tiefe Mutlosigkeit und lähmende Depression. Plötzlich war ihm klar geworden, dass ihn in Kürze wieder eine endlos lange, eiskalte Nacht erwartet. „Das kann doch nicht wahr sein, das ist doch alles nur ein schlimmer Alptraum, wann geht der denn zu Ende?", solche Gedanken zermarterten seinen Kopf. In der Not und Verzweiflung begann er sogar zu Maria und allen Heiligen zu beten und von dieser Seite Hilfe zu erflehen, obwohl er mit Glauben sonst nicht viel anfangen konnte. „Vielleicht gibt es tatsächlich einen Schutzegel, den bräuchte ich jetzt aber sehr, sehr dringend. Hörst du Maria, Mutter Gottes, schick mir Hilfe!"

Noch einmal nahm er etwas Brot und ein Stück Speck zu sich, schob einen Müsliriegel nach und trank mit kleinen Schlucke Wasser. Dann richtete er sich wieder in der Hocke auf die Nacht ein. Einschlafen konnte er nicht. Dafür gingen ihm alle möglichen Gedanken durch den Kopf. Er erinnerte sich an die Jugendzeit, sah im Geiste seine Kinder herumtoben. Details seiner Wanderungen und Bergtouren wurden lebendig, als wenn es erst gestern gewesen wäre. Ihn erstaunte, woran er sich alles selbst nach Jahrzehnten noch bis ins Detail gehend erinnern konnte. „Ich hatte alles in allem gesehen schöne Jahre und kann mit meinem Leben vollkommen zufrieden sein", resümierte er, „wenn ich doch bloß nicht in diesem verdammten Gefängnis festsitzen würde."

Nachts hörte er es in der Ferne grummeln, und Wetterleuchten zeigte sich am Himmel, doch es blieb trocken. „Gott sei Dank bin ich bisher von einem Gewitter verschont geblieben." Die Nacht verlief fast genau wie die erste; quälend lang und es war ihm sehr kalt. Nein, ihm schien, es war ihm noch kälter als zuvor. Wenn er es nicht mehr aushielt, schaltete er mitten in der Nacht doch kurz die Stirnlampe an, löste sich aus seiner Umhüllung und begann Kniebeugen. Er musste sich einfach etwas bewegen und dabei aufwärmen. Das fiel ihm zunehmend schwerer, denn die Beine wurden ihm steif und die Bewegungen bereiteten ihm Mühe, doch er zwang sich, solange es ging. Die übrige Zeit dämmerte er vor sich hin, mehr dösend wie schlafend und doch nicht richtig wach. Allerlei Träume verfolgten ihn in diesen kurzen Phasen. Vielleicht meinte es die Natur gut mit ihm und ließ ihn nicht alles mit wachen Sinnen empfinden. Dann, ein neuer Tag brach an und Willy war schon der Verzweiflung sehr nahe. „Wenn mich heute wieder niemand hört", dachte er mit Grausen, „was mache ich dann. Hier halte ich es nicht mehr aus!" Die Situation schien wirklich vertrackt zu sein. „So schnell wird mich niemand vermissen. Ich habe in der Kürsinger Hütte zwar gesagt und im Gästebuch notiert, dass ich nach dem Großvenediger zum Defreggerhaus will, ob ich da aber ankomme, fragt niemand nach. Zu Hause vermisst mich auch niemand. Ein Handy habe ich nie dabei oder wenn, dann nur im Auto, deshalb versucht keiner mich anzurufen, und in der

Firma bin ich offiziell im Urlaub. Da bemerkt man mein Fehlen erst, wenn ich nach dem Urlaub nicht wieder auftauche."

Nun war sich Willy in vollem Ausmaß seiner verzweifelten Lage bewusst. Das bestärkte ihn, noch lauter um Hilfe zu schreien und länger mit der Trillerpfeife im Rhythmus drei langgezogene Signale hintereinander zu senden.

Unaufhaltsam quälend ging ein weiterer Tag zu Ende, und die endlos lange, kalte Nacht war nicht anders, wie die letzten. Dann brach ein neuer Morgen an, und jetzt stellte Willy fest, dass er kein Wasser mehr hatte. Unter ihm sah er Schmelzwasser mit einer dünnen Eisschicht überzogen. Das brachte ihn auf die Idee, mit einer Brusischlinge die Thermosflasche abzulassen, in der Hoffnung, dass sie sich mit Wasser füllt. Sofort setzte er seinen Plan um, befestigte die Brusischlinge, die er mit einer zweiten verlängerte. Die Flasche ließ er mit Schwung fallen und tatsächlich gelang es ihm die dünne Eisschicht so zu durchstoßen und die Flasche tauchte ins Wasser ein. Nach Minuten zog er sie hoch und sie war fast gefüllt. „Das geht, meine Idee funktioniert", triumphierte er und freute sich, „so verdurste ich vorerst schon nicht jämmerlich, zumindest, solange das Schmelzwasser nicht durch tiefere Temperaturen weiter gefriert."

Seine Übungen und die notwendigen Aktivitäten erschöpften ihn zunehmend. Die empfindliche Kälte der Nächte hinterließen deutlich Spuren, dazu fehlte es ihm an mangelnder Bewegung. Seine Füße schmerzten, der Rücken tat weh und er konnte nur noch mit Schmerzen sitzen. Allein sein Kopf war in Ordnung, hellwach und klar – sein Empfinden völlig intakt. „Ist dies ein Segen? Wenn mich niemand findet, dann erfriere und verhungere ich hier bei vollem Bewusstsein." Diese Erkenntnis schlug ihm regelrecht auf den Magen und er übergab sich. Hinterher musste er dem Magen natürlich wieder etwas zuführen.

Dank des größeren Vorrates, den er eingepackt hatte und seiner klugen Rationierung, hatte er immer noch zu essen, das er sorgsam über den Tag einteilte.

Weitere Zeit verging. „Bin ich jetzt schon fünf Tage oder sind es sechs hier gefangen?" Das Zeitgefühl war ihm verloren gegangen. Er nahm nur noch Tag und Nacht wahr und er fühlte zunehmend, wie seine Kräfte – und vor allem sein Wille schwanden. „Wenn es eben sein muss, dann sterbe ich hier und werde in fünftausend Jahren als Ötzi gefunden", schrie er laut und trotzig hinaus, ohne dass sein Rufen jemand vernahm.

Am Abend des nächsten Tages stellte er fest, dass er nichts mehr zu essen hatte. Trotz der sparsamen Einteilung war alles aufgebraucht. Nur mit dem Wasser funktionierte es immer noch. Doch das eiskalte Wasser bereitete ihm zunehmend Magenschmerzen, deshalb trank er nur noch, wenn es gar nicht mehr anders ging und er den Durst nicht mehr aushielt. Dann fiel ihm wieder ein, dass er rufen sollte und Signale geben. Hinterher sank er ermüdet in einen kurzen Dämmerschlaf und wurde von bösen Alpträumen geplagt.

Wach geworden, schrie er in Abständen aus Leibeskräften immer wieder neu nach Hilfe und gab zwischendurch Pfeifsignale. Dann musste er seine Beine massieren, da die Schmerzen zugenommen hatten und überhaupt war ihm nun alles verleidet. „Ist es nicht besser, wenn ich mich ins Wasser fallen lasse und schnell erfriere. Vielleicht habe ich Glück und schlafe einfach ein." Tausend Gedanken gingen ihm in den wachen Momenten durch den Kopf. Immer wieder ging er sein Leben durch. Dankbar blickte er auf viele schönen Stunden zurück, sowohl innerhalb der Familie, im Beruf wie auch während seiner zahlreichen Touren in den Bergen oder was er sonst noch erleben durfte. Er erinnerte sich an die Zeit, in der seine Kinder klein waren. Leider hatte in diesem Lebensabschnitt nicht allzu viel von ihnen gehabt, weil er beruflich zu sehr eingebunden war. „Alles hing an meiner Frau, Erziehung, Hilfe in der Schule, Tröstung, wenn sie krank waren oder Kummer hatten. Nur an wenigen Wochenenden und im Urlaub konnte – oder wollte – ich mich mit ihnen beschäftigen. Schade eigentlich, ich hätte mehr mit meinen Kindern unternehmen sollen, dann hätten wir heute keinen solchen Abstand", gestand er ein. „Doch wenn ich alles addiere, dann habe ich unter dem Strich ein schönes Leben gehabt, auch wenn nicht alles glattlief oder gar in meinem Sinne war; was soll's also. Einen Tot muss man letztlich sterben." Mit diesen Gedanken überfiel ihn wieder der Dämmerschlaf und er bekam gar nicht mit, dass die Nacht erneut hereingebrochen war.

In der Tat wurde Willy nicht vermisst, weder von der Tochter noch vom Sohn. Die wussten zwar, dass er in den Bergen unterwegs sein wollte, da er aber kaum einmal anrief, erwarteten sie nicht, dass er sich einmal meldet. Die Verbindungen zu seinen ehemaligen Kameraden waren nach und nach auch abgebrochen oder seltener geworden. Nur wenn man sich irgendwo begegnete, wurde das eine oder andere freundlich ausgetauscht und nebenbei auch über Bergtouren und eventuelle Vorhaben gesprochen, das übliche Wohin und wie geht es eben.

Wohl hatte Willy in solchen Gesprächen nebenbei erwähnt, dass er in die Berge geht und auch vom Großvenediger war die Rede, jedoch nicht über die Details. Wann, wie lange und was er sonst noch machen würde, das hatte er nicht verraten, das wusste keiner. So verwunderte es auch nicht, dass man nicht längst schon die Suche nach ihm eingeleitet hatte.

Die sichtbaren Spalten sind nicht gefährlich, nur die unsichtbaren

11

Unerwartete Wende

Erneut brach eine entsetzlich kalte und lange Nacht herein, bis ein neuer Tag aufzog. Die meiste Zeit über fantasierte Willy im Delirium und döste nur noch vor sich hin. Die Kälte spürte er kaum noch. Alles schien abgestumpft und wie abgestorben zu sein. Nicht einmal Hunger und Durst quälten ihn noch sonderlich. Doch in kurzen, wachen Momenten erinnerte er sich nebelhaft daran, dass er sich bemerkbar machen und rufen muss. Damit war er dann wieder eine halbe Stunde beschäftigt. Auf das gelegentliche Zittern der Muskeln achtete er schon nicht mehr und nur in Abständen loderte sein zäher Lebenswille ein wenig auf. Seit einem Tag – oder waren es zwei? – er wusste es nicht mehr, hatte er die Kniebeugen und improvisierten Liegestützen eingestellt. Dazu hatte er einfach keine Kraft mehr.

Die Stunden zogen dahin, ohne dass Willy überhaupt auf die Uhr und nach der Zeit sah. Den Sonnenstand konnte er von seinem Platz auch nicht erkennen, nur wahrnehmen, ob es Tag oder Nacht ist.

Kurz überkam ihn wieder ein neuer Schub, ein Rest seines Lebenswillens. Wieder schrie er laut und pfiff mit der Trillerpfeife, was das Zeug hielt. Plötzlich tauchte oben am Spalt ein

Schatten auf. „Ist da jemand?", hörte Willy rufen – und noch einmal: „Ist da jemand?"

„Träume ich oder bin ich wach? Willy hatte es im Unterbewusstsein wage wahrgenommen und schrie nun aus Leibeskräften: „Hilfe, Hilfe, ich bin in der Gletscherspalte gefangen." „Bist du verletzt?", kam es von oben. „Nein, nein, nur am Ende meiner Kräfte, ich bin schon so lange hier", schrie er nach oben und fürchtete, die Ohnmacht übermannt ihn. „Bewahre Ruhe, wir sind zu Dritt, ich hole Hilfe und meine Freunde bleiben hier", vernahm er wie aus einem fernen Nebel.

Wie lange es dann dauerte, wurde Willy nicht mehr wirklich bewusst. Er hatte sich nicht einmal mehr die Mühe gegeben, das abzuschätzen und dämmerte weiter vor sich hin. „Bestimmt habe ich nur wieder geträumt", dachte er zwischendurch. Doch die oben machten sich erneut rufend bemerkbar. Willy vernahm es halb wach, halb im Unterbewusstsein und versuchte zu antworten. Alleine das mobilisierte in ihm neue Kräfte und er gab sich Mühe sich zu konzentrieren. „Ist es nur eine Fata Morgana oder träume ich das jetzt?", schoss es ihm erneut durch den Kopf. Dann hörte er wieder von oben Stimmen und lautes reden. „Es muss doch Wirklichkeit sein", schöpfte er Hoffnung.

Irgendwann drang das Knattern eines Hubschraubers an sein Ohr, der immer näherkam und das Stimmengewirr nahm zu. Minuten später seilte sich ein Retter von oben ab. Willy war aus eigener Kraft nicht mehr in der Lage aufrecht zu stehen. „Hans, komm auch runter, ich brauche Hilfe und lass eine Trage ab", rief der Helfer nach oben. Ein Zweiter kam und mit vereinten Kräften wurde Willy auf eine Trage gehievt und dann mit einer Seilwinde nach oben gezogen.

Nur im Halbbewusstsein vernahm er, dass drei Bergsteiger von oben gekommen waren und zufällig seine Pfeifsignale hörten. Zuerst trauten sie den eigenen Ohren nicht. Sie lauschten und lauschten, tatsächlich, das waren Pfeifsignale, ganz deutliche Pfeifsignale. „Wo könnte das herkommen?", begann das Rätseln. Dann fiel ihnen ein größeres Loch im Schnee auf und sie tasteten sich vorsichtig zu der Stelle vor und lauschten weiter, ohne sich zu sehr über den Rand der Öffnung zu wagen, und tatsächlich, von unten hörten sie leise Hilferufe.

Mit geübten Griffen wurde Willy in eine wärmende Decke gepackt und dann mit der Trage in den Hubschrauber geschoben. Der Notarzt hatte ihm währenddessen eine den Kreislauf stärkende Infusion angelegt und dann flog man ihn in das Bezirkskrankenhaus Lienz.

Bei der Erstuntersuchung stellten die Ärzte leichte Erfrierungen an den Zehen und anderen Stellen des Körpers fest, die aber nicht lebensbedrohlich waren. Nach und nach kristallisierte sich für das Ärzteteam heraus, was wirklich vorgefallen war. Man stellte fest, dass Willy 8 Tage lang in seinem eisigen Gefängnis verharrt haben musste und sie nannten das ein Wunder, dass er dies überhaupt überleben konnte. Für sie war es fast unglaublich.

Schon, dass er bei dem Absturz nichts gebrochen oder innere Verletzungen davongetragen hatte, sahen sie als ein Wunder für sich an. Vermutlich waren gleichzeitig größere Mengen Schnee eingebrochen und hatten Willy ein weiches Bett bereitet und der Rucksack dämpfte den Aufprall zusätzlich. Dann war die Stelle einigermaßen flach und groß genug, damit er wie auf einem Tisch sitzen und ausharren konnte. Trotz des Pechs hatten mehrere günstige Faktoren schlimmeres verhindert. Bei allen glücklichen Umständen konnten sich die Ärzte das

Überleben in der Kälte der Höhle nur mit dem eisernen Willen und der – für das Alter des Verunglückten – außergewöhnlich guten Kondition und Konstitution erklären. „Sie sind ein medizinisches Wunder", attestierten ihm die Ärzte später, nachdem er sich nach Tagen weit genug erholt hatte.

Sein Aufenthalt in der Klinik dauerte noch sieben Tage, dann konnte er ausreichend stabilisiert nach Hause entlassen werden. Man riet ihm jedoch dringend, sich zu Hause noch mindestens 14 Tage zu schonen oder am besten einen Urlaub an einem sicheren und möglichst warmen Ort anzuhängen.

Vor der Entlassung rief er seinen Sohn Hans an und bat darum, hierher zu fahren und ihn abzuholen. Da Willy noch nicht in der Lage war, mit seinem eigenen Auto nach Hause zu fahren, sollte er deshalb auch seine Frau oder jemand anderes als zweiten Fahrer mitbringen, der sein Auto von Krimml aus steuern und nach Hause bringen konnte.

„Vater, was machst du für Sachen", gab sich der Sohn entsetzt, nachdem er mit seiner Frau, die auch Autofahren konnte, in Krimml eingetroffen war. „Du gehst zu so einem Abenteuer ins Hochgebirge und wir wissen von nichts. Hätten sie dich nicht gefunden, wärst du verschollen geblieben und kein Mensch hätte gewusst wo." „Ist gut, Hans mein Junge, glaube mir, ich habe genug gebüßt", reagierte Willy schon leicht barsch, fast in der altgewohnten Weise. „Lasst mich erstmal wieder nach Hause kommen, da könnt ihr mir noch lange genug den Kopf waschen." „Ich meine ja nur, da stellen sich mir ja im Nachhinein noch die Haare, wenn ich daran denke, wie das hätte ausgehen können", wollte sein Sohn beschwichtigen. Damit war in der Sache erstmal genug geredet und auf dem langen Heimweg war Willy recht schweigsam oder er schlief die meiste Zeit. Die durchlebten Strapazen waren ihm noch deutlich anzumerken.

Noch etwas hatte er vor der Abfahrt erst erledigt müssen, das waren die unvermeidlichen Formalitäten. Die Hubschrauber-Bergung und den Krankenhausaufenthalt übernahm später die Versicherung des ADAC, wo er einen Auslandskrankenschutz hatte, sodass ihm dadurch keine Kosten entstanden sind. Diesen Ablauf und das langwierige Prozedere kannte er ja schon von einem früheren Vorfall.

Zu Hause hatte die glückliche Rettung schnell großes mediales Echo gefunden und überall wurde Willy später von Kameraden, Nachbarn oder am Arbeitsplatz auf dieses Wunder angesprochen. Da sagte er gerne salopp: „Ich war zu schlecht für den Teufel und bin ihm noch einmal von der Schippe gesprungen – oder zu jung für den Himmel. Jetzt kann mir so schnell nichts mehr passieren."

Hinter vorgehaltener Hand zollte man Willy große Hochachtung. „Wenn der Willy auch knorrig und altmodisch ist, ein zäher Hund ist er doch", waren wohlmeinende Aussagen, wenn sich die Leute über den Fall unterhielten. Und natürlich hatte sich schnell alles überall im Stadtteil und in der mittelbadischen Region herumgesprochen.

In der Zwischenzeit waren verschiedene Klatschblätter und Illustrierte auf das spektakuläre Ereignis aufmerksam geworden und hatten schon Berichte veröffentlicht. Mehrere Anfragen für Interviews lagen vor, denen Willy aber allen erst einmal eine Absage erteilte. In seiner eigenen Art wollte er nur seine Ruhe haben. Später – und auf gutes Zureden seines Sohnes – entschloss er sich doch und er gab dem „Stern" ein Exklusiv-Interview, wofür er ein ansehnliches Honorar einstrich.

*****

Epilog

Bayer überlebt mit einem Stück Schokolade pro Tag
Veröffentlicht am 14.08.2012 |
Von Elisalex Henckel

So schrieb die **Welt** über einen tatsächlichen Fall im Jahr 2012

„Er war trainiert, mental stark und gut organisiert: Eine Woche hielt es ein 70-jähriger Bayer in einer Gletscherspalte aus. Er teilte sich seine Vorräte gut ein und wollte noch nicht sterben.

Wie überlebt man sechs Tage und sechs Nächte allein in einer Gletscherspalte? Das fragten sich auch die Ärzte an der Innsbrucker Universitätsklinik, in die ein 70 Jahre alter Bergsteiger aus dem bayrischen Ort Schmidmühlen im Kreis Amberg-Sulzbach eingeliefert wurde, nachdem ihn die Bergretter aus seinem Gefängnis im Eis befreit hatten. Ihr Fazit nach den ersten Gesprächen: Ihr zur Zeit prominentester Patient dürfte über außerordentliche mentale Stärke verfügen.

Leser-Information zu Walter W. Braun

Der Autor, Jahrgang 1944, ist Kaufmann mit abgeschlossenem betriebswirtschaftlichem Studium. Bis zum Ruhestand war er als Handelsvertreter aktiv. Um dem Tag Sinn und Struktur zu geben, begann er Bücher zur eigenen Biografie oder Fiktionen zu unterschiedlichen Themen – teils mit realem Hintergrund – zu schreiben. Es ist ein Zeitvertreib und spannend, wie sich von einer Idee, der Bogen zwischen fiktiver Geschichte hin zu einer schlüssigen Story entwickelt. Wichtig ist es dem Autor, dem Leser ohne große Schnörkel und literatursprachlichen Raffinessen, Unterhaltung zu bieten, oft ergänzt mit seiner subjektiven Meinung. Er will durch seine Erzählungen zudem Hintergrundwissen vermitteln, Hinweise auf landschaftliche oder historische und geschichtliche Besonderheiten geben und mit informativ bildhafter Darstellung an reale Plätze führen, wo sich die dargestellte Handlung abgespielt hat. Wenn es den Leser anregt sich selbst vom Handlungsort, den Schauplätzen, ein Bild zu machen, ist das Ziel erreicht.

www.schwarzwaldautor.de

Weiterlesen? Im Handel erhältliche Titel des Autors:

Alle Bücher sind kurzfristig bei BoD, Buecher.de (versandkostenfrei), Amazon und anderen im Internethandel erhältlich, ebenso im örtlichen Buchhandel, sowie als E-Books.
Mehr: www.schwarzwaldautor.de

Leben ist Glück genug - Vom Schwarzwald zur Seefahrt bei der Marine
Paperback, 280 Seiten, 8 Farbbilder, ISBN 9-783-735-743-411
Aufwärts ist längst nicht oben
Paperback, 356 Seiten, 35 Farbseiten, ISBN 9-783-735-739-056
Top-Touren im Südwesten - für geübte und konditionsstarke Wanderer
Paperback, 160 Seiten, 45 Farbseiten, ISBN: 9-783-750-431-430
Zu Fuß dem Südwesten hautnah 111 Tipps und mehr –
ein etwas anderer Wanderführer
Paperback, 260 Seiten, 46 Farbbilder, ISBN 9-783-738-628-814
Deutsch-Französische Liaison - C'est la vie
Paperback 116 Seiten, 13 Farbbilder, ISBN 9-783-739-223-629
Zwei ungleiche Brüder im Fadenkreuz des Schicksals
Paperback, 140 Seiten, 9 Farbseite, ISBN 978-375-266-046-3
Drama am Breithorn
Paperback, 108 Seiten, 6 Farbbilder, ISBN 9-783-734-765-131
Mord in Hintertux - Tatort Zillertal
Paperback 104 Seiten, 18 Farbbilder, ISBN 9-783-739-215-136
Der Spieler - Ein ungewöhnlicher Kriminalfall
Paperback, 132 Seite und 6 Farbbilder, ISBN 9-783-734-776-199
Zu fit für den Ruhestand - zu alt für einen Job
Paperback, 108 Seiten, 11 Farbbilder, ISBN 9-783-735-743-213
Im Banne des Moospfaff - Nordracher Unternehmer-Saga
Paperback, 120 Seiten, 10 Farbseiten, ISBN 9-783-751-923-866
Dunkel überm Eulenstein – Tragödie auf der Bühlerhöhe
Paperback, 144 Seiten, 12 Farbseiten, ISBN 9-783-741-299-490
Reflexion des Lebens in Lyrik und Prosa
Paperback, 140 Seiten, 23 Farbseiten, ISBN 9-783-741-276-576
Resi's Gedichte und sonst nichts
Paperback, 144 Seiten, 8 Farbbilder, ISBN 9-783-734-771-965

Glauben ist einfach - oder einfach glauben
Paperback, 340 Seiten, 25 Farbseiten, ISBN 9-783-735-722-829
Lach mal wieder -
Eine Sammlung von 163 Liedern, Vorträgen und Sketchen
Paperback, 292 Seiten, 17 Farbbilder, ISBN 9-783-741-228-766
Über Grenzen gehen - Wenn einer eine Reise tut...
Paperback, 360 Seiten, 26 Farbseiten, ISBN 9-783-734-746-925
Sabotage im Weinberg - Tatort Durbach
Paperback, 124 Seiten, 12 Farbseiten, ISBN 9-783-741-297-250
Mein Freund der Alkohol - Kritische Betrachtung eines ambivalenten Genussmittels
Paperback, 244 Seiten, 18 Farbseiten, ISBN 9-783-743-138-612
Der Eremit vom Wilden See - Ein entschlossener Aussteiger
Paperback, 252 Seiten, 29 Farbseiten, ISBN 9-783-744-856-829
Meine Rache ist Amok
Paperback, 236 Seiten, 5 Farbseiten, ISBN 9-783-749-453-061
Der Seppe-Michel vom Michaelishof - Eine Schwarzwald-Saga
Paperback, 304 Seiten, 23 Farbseiten, ISBN 9-783-746-026-308
Michaelishof Eine Tochter muss sich behaupten
Schwarzwald-Saga Teil 2
Paperback, 336 Seiten, 23 Farbseiten, ISBN 9-783-744-840-392
Gottes Wesen verstehen
Paperback, 256 Seiten, 12 Farbseiten, ISBN 9-783-751-972-734
Der Blitz-König - Eine Story über Aufstieg, Macht und Geld
Paperback, 312 Seiten, 19 Farbseiten, ISBN: 9-783-752-660-098
Leben im Corona-Nebel
Paperback, 220 Seiten, 9 Farbbilder, ISBN: 9-783-752-610-161